dear+ novel
hohoemi kissa no koimikufi・・・・・・・・・・・・・・・・

ほほえみ喫茶の恋みくじ

海野 幸

新書館ディアプラス文庫

ほほえみ喫茶の恋みくじ

contents

illustration：雨隠ギド

ほほえみ喫茶の恋みくじ

hohoemikissa no
koimikuji

駅から歩いて約十分。高架線沿いに並ぶ店は、床屋に鍼灸院《しんきゅういん》、コインランドリーに新聞配達店。途中に小さなアパートも挟まる雑多な並びに、直文《なおふみ》の営《いとな》む喫茶店はある。

四人掛けのテーブルが三つに、キッチンと対面になったカウンター席が五席。木製の床やテーブルはダークトーンで統一されている。

直文は年季の入った飴色《あめいろ》のカウンター席に座って黙々と手を動かす。真剣な横顔を秋の日差しが照らし、長い睫毛《まつげ》に光が滴《したた》った。店内にいるのは直文だけで、乾いた布を擦《こす》る音と秒針《びょうしん》の音以外何も聞こえない。

白いワイシャツにジーンズを穿《は》き、その上から黒いエプロンをつけた直文が磨《みが》いているのは人形だ。自分自身、見目整った人形のように端整な面立ちをしながら熱心に手を動かし、一通り作業を終えてにっこり笑う。そんな直文に控えめに微笑《ほほえ》み返したのは、古式《こしき》ゆかしいこけしである。

けん玉に似たフォルムに、目鼻の各パーツに二度筆が入ったようには見えないシンプルな顔。今日も可愛い、と目尻を下げたら、店の入り口にあるカウベルが鳴った。

直文は振り返って「いらっしゃいませ！」と声を上げる。平日であまりに客がこないものだからこけし磨きなど始めてしまったが、今は営業時間中で、直文は正真正銘この店のオーナーだ。

夕方の五時を少し過ぎた時間に現れたのは、ランドセルを背負った少年だった。小学校の低学年だろうか。唇を引き結んで店内に目を走らせた少年は、直文に視線を定めると子供特有の高い声で言った。

「ここは喫茶店ですか。それともこけし販売店ですか？」

少年がわざわざ確認するのも無理はない。四人掛けのテーブルの中央やカウンターの隅、道路に面した窓際にまで、店の中には大小さまざまなこけしがずらりと鎮座《ちんざ》している。きちんと数えたことはないが、十坪《つぼ》ほどの店内にはざっと百体近いこけしがあり、やって来る客を独特の微笑みで出迎えてくれる。

「こけしは飾ってあるだけで、ここは喫茶店です。ジュースもあるよ。プリンとか」

ひとりで店に入ってきた少年に砕《くだ》けた口調で応対する。そんな直文を一瞥《いちべつ》して、少年は無言でカウンター席に近づいた。

小柄な少年が背の高い椅子に座れるかはらはらしたが、少年は自力で椅子につくとメニューも見ずにアイスティーを注文した。

真剣な顔で店内を見回す少年を視界の隅で捉《とら》えつつ、キッチンでアイスティーを淹《い》れて少年のもとへ持っていく。

少年はカウンターの上に置かれたメニュースタンドを手にしていた。メニューの隅にはこけしのイラストが添えられている。

「そのこけし、僕が描いたんだよ。弥次郎《やじろう》系。もしかして君もこけし好き？」

カウンターにコップを置いていそいそと尋ねると、たん、と高い音を立てて少年がメニューをカウンターに戻した。

「店長。このお店がオープンしたのはいつです？」

小学生とは思えぬほど抑揚《よくよう》の乏《とぼ》しい声だった。目も一切の笑みを含んでおらず、直文は気圧《けお》されて素早く二回瞬《まばた》きをする。

「あ、えーと……半年前、かな？」

「開店当初の客入りはどうでしたか」

「ま、まぁ、そこそこ、ですかね」

相手の迫力に負けて敬語になってしまった。

少年は人のいない店内を見渡し、再び直文に視線を戻す。

「最近客足が落ちてきたのでは？」

「は……そ、そうですね」

「無理もない」

直文は唖然《あぜん》として少年を見下ろす。なんだか今、子供らしからぬ口調で失礼なことを言われた気がするが気のせいだろうか。

二の句の継げない直文を置き去りに、少年は隣の席に置いていたランドセルからノートとペンケースを取り出した。使い込まれた分厚《ぶあつ》いノートには、何やらたくさんの数字が並んでいる。

「申し遅れましたが、僕は東宮寺《とうぐうじ》朝彦《あさひこ》と申します」

ノートをめくりながら少年が名乗る。しばらく沈黙が続き、こちらも自己紹介を促《うなが》されていることに気づいて慌てて姿勢を正した。

「僕は、沢木《さわき》です。沢木直文」

「お年は？」

「に、二十六です……。あの、君は何年生、でしょうか……？」

「四年生です。今年で十歳になります」

小柄なので二年生くらいと見当をつけていたのだが、思ったより大きかった。

朝彦と名乗った少年は、ペンケースから鉛筆を取り出し淡々と述《の》べる。

「周辺の飲食店を見て回りましたが、この店が最も改善点があると判断して参りました。僭越《せんえつ》ながら、問題点の洗い出しなどにご協力できればと思っております」

おお、と直文は感嘆の声を上げる。朝彦の言葉に驚いたというより、こんなに小さな子が『僭越』なんて難しい言葉を遣えることに感動した。

場違いな直文の反応など気にも留めず、朝彦は鉛筆の先で店内を指し示す。

「まず席数ですね。四人掛けのテーブルが三つに、カウンター席が五席。これでは回転率が落ちます。テーブルは二人掛けを六つ置いて、カウンターも八席は作れるのでは？」

いきなり現実的なことを言われて我に返った。しかも的を射た指摘だ。朝彦の言う通り直文の店はかなり席の配置に余裕を持たせている。

「店の売り上げを手っ取り早く上げるには回転率を上げることです。二人連れの客に四人掛けのテーブルを勧めるのは効率が悪い」

朝彦の言葉は理路整然としている。小学生なのに偉いものだと感心したが、直文も何も考えずこの配置にしたわけではない。

「でも、ここではのんびり食事をしてほしいから。ベビーカーでいらっしゃるお客さんもいるし」

「この店の狭さなら、ベビーカーの来店を断ってもちっともおかしくないと思いますが」

むしろなぜそうしないのだと言いたげな口調に、直文は眉を下げる。

「せっかく来てくれたのに入り口で帰ってもらうのは、なんだか残念だから」

「その言い草だと、敢えて子連れの客をターゲットにしているわけでもないようですね」

独白のように呟いて朝彦はノートにメモを取る。文字だけは年相応に歪《ゆが》んでいるなぁと思っていたら、今度はメニュースタンドに鉛筆を向けられた。

「それからこのメニュー。昼はランチ、夜は定食、飲み物は紅茶とコーヒーとジュース、デザート類はプリンだけ。かと思いきや弁当も販売している。カフェなのか定食店なのかはっきりしませんね。コンセプトが不明なんですよ。こけしの意味もわからない。この店のコンセプトは?」

鉛筆の尻がいよいよ直文自身に向き、うろたえて一歩後ろに下がってしまう。

「こ、こんせぷと……」

「まさかコンセプトひとつないんですか。では店名の由来は？　いえ、それをお聞きする前に一番の問題点を挙げましょう」

朝彦は大きく息を吸い込むと、迷いのない口調で言い放った。

「店名がダサい」

えっ、と直文は目を見開く。回転率だのコンセプトだの難しい言葉を操《あやつ》っていただけに、もっと凄《すご》いことを言われるかと思った。

肩透《かたす》かしを食らった顔をする直文を見て、朝彦は眉を吊り上げる。

「店名は大事なんですよ！　ネットで飲食店を検索するとき、真っ先に見るのは店名です。本来なら店の雰囲気やコンセプトがわかる名前をつけなければいけないのに、この店の『喫茶KOKESHI』ってどうかしてるんじゃないですか？　なぜ敢えてローマ字なんです。ひらがなの方がまだマシだ！」

「あ、あああ、すみません……」

なんだかわからないが朝彦の逆鱗《げきりん》に触れてしまったようだ。直文自身はいい店名だと思っていたのだが、朝彦のセンスとは相容《あいい》れなかったらしい。

為《な》す術《すべ》もなく小学生相手に謝罪をしていると店のカウベルが鳴った。とっさに入り口へ顔を向けた直文だが、いらっしゃいませ、と言うつもりで開けた口は中途半端に止まってしまう。

店に入ってきたのはスーツ姿の男性だった。すらりと背が高く姿勢がいい。けれど何より目を惹いたのはその顔立ちだ。色白で、瞳と髪は色素が薄く、どこか日本人離れした華やかな容姿だ。目元にばさりと睫毛がかかり、瞬きがやけにゆっくりして見える。

男性は馴染みの店を訪れたようなリラックスした表情で店内に視線を滑らせる。居並ぶこけしにも平然としたものだ。それどころかこけしを見て、くすりと笑みすらこぼしている。

端整な顔に浮かんだ笑みは思いがけず甘やかで、どきんと直文の心臓が跳ねた。

(すっごい美形)

うっかり挨拶《あいさつ》も頭から抜け落ちるほどの美貌《びぼう》だ。直文と目が合うと、男性は軽く会釈《えしゃく》をしてカウンターの前までやって来た。

「あっ！　し、失礼しました、お席は……」

「いいえ、私は客ではないので」

席に案内しようとした直文を柔らかな苦笑で遮《さえぎ》り、男性は朝彦に目を向けた。

「朝彦、学校帰りに寄り道したら駄目だろう」

それまで頑《かたく》なに背後を振り返らなかった朝彦が、不機嫌顔でノートを閉じる。

「なんで父さんがここにいるの。仕事は？」

「今日は午後から外に出る用事があったからそのまま帰してもらったんだ。お前と似た子が店に入るのを見かけたから気になってね。お前こそ、学校帰りにこんなところで何をしてたんだ？」

会話から察するに、どうやら二人は親子らしい。父親に穏やかな声で尋ねられても、朝彦はふくれっ面《つら》で返事をしようとしない。

「お店の人に失礼なことはしてないか？」

「してないよ！」

噛みつくような返事をして、朝彦は乱暴にノートをランドセルにしまう。父親は困り顔で何か言おうと口を開いたが、上手く言葉にできないのかそのまま黙り込んでしまった。

朝彦はアイスティーを一息で飲み干し大股《おおまた》でレジまでやって来る。後からついてきた父親が財布を出そうとしたが、朝彦に睨まれ引っ込めた。いかにも険悪な雰囲気だが親子喧嘩の真っ最中か。父親劣勢《れっせい》と見受けられる。

会計を終え、早々に立ち去ろうとする朝彦を直文は慌てて呼び止めた。

「待って待って、コンセプトはともかく、この店ならではのお楽しみならあるよ」

直文はレジの裏から水色の箱を取り出す。上部に大人の手首がぎりぎり入るくらいの穴が開いた、二十センチ四方の箱だ。

「……なんです、これ」

「特製おみくじ。お客さんには帰りがけに必ず引いてもらってるんだ。さ、どうぞ」

取りやすいよう膝を曲げて箱を差し出してやれば、朝彦はあまり嬉しくなさそうな顔をしつつも無言で箱に手を突っ込んだ。

朝彦がくじを引くと、その後ろに立っていた父親にも箱を差し出した。

「お父さんもどうぞ」

「……私もいいんですか？」

もちろん、と笑顔で頷けば、父親は小さく会釈して箱に手を入れた。四つ折りにしたくじを引き、朝彦と一緒にその場で広げる。

朝彦のくじには手書きで『素直が一番』と書かれ、父親のくじには『想いは伝わる』と簡潔に書き記《しる》されている。その傍《かたわ》らにはこけしのイラストも添えてあった。

「……店長の手書きですか？」

無感動な声で朝彦に問われ、直文は大きく頷いた。

「僕手製のこけしみくじ。こけしも自分で描いたんだよ。ひとつひとつ顔も違うんだ。あ、朝彦君のこけしは弥次郎系だね！」

「なんですか、さっきからちょいちょい出てくる弥次郎系って――いえ、いいです、別に興味はないので失礼します」

勢い込んで説明しようとした直文を押し止《とど》め、朝彦は大股で店を出ていってしまう。

父親はその後ろ姿を見遣ったものの追いかけようとはせず、改めて直文と向かい合い頭を下

げた。

「失礼しました。営業時間中に息子がご迷惑をおかけしたようで」

「迷惑なんてとんでもない！　立派なお客さんです。店のアドバイスまでしてくれますし」

小学生とは思えぬ弁舌《べんぜつ》だった、と褒《ほ》めようとしたが、父親は暗い表情で視線を落としてしまう。

「あれ？　どうしました、東宮寺さん？」

名前を呼ぶと、相手がはっとした顔でこちらを見た。なぜ名前を知っているのだと言いたげな顔をされ、先に朝彦から自己紹介を受けていることを伝える。

「ちゃんと自己紹介もしてくれたんですよ。敬語も遣えるし、礼儀正しくてしっかりしたお子さんですね」

手放しで褒められるとは思っていなかったのか、東宮寺は面食らったような顔をした後、少しだけ面映《おもは》ゆそうに笑った。

目線より高いところにあるその顔を見て、お父さんだなぁ、と微笑ましく思う。一見するとあんな大きな子供がいるようには見えない若々しい外見なのに。多分、三十代の半《なか》ばくらいだろう。

その上美形だ。背が高いのでこちらを見る目は伏し目がちで、自然と甘さを感じさせる表情になった。

東宮寺は朝彦が出ていった店の入り口を振り返り、ちらりと苦笑を漏らした。

「あの子は少し、大人の真似をしたがるところがあるので……。もしお店の邪魔になるようでしたらすぐ追い出してください」

「邪魔になんてなりませんよ。見ての通り、うちはいつも暇を持て余してますし」

今度は直文が苦笑する番だ。午後になってから店を訪ねてくれたのは朝彦と東宮寺の二人だけで、下手をすると閉店まで次の客は来ないかもしれない。

東宮寺は店をぐるりと見回すと、口元に控えめな笑みを浮かべた。

「息子の非礼のお詫《わ》びになるかわかりませんが、ひとつアドバイスさせていただいても？」

首を傾《かし》げた直文に、東宮寺はそっと耳打ちする。

「爪楊枝《つまようじ》。テーブルにしか置いていないのであれば、化粧室にも置いておくといいかもしれませんよ」

「爪楊枝、ですか」

なぜ、と問う間もなく、東宮寺は軽く一礼して店を出て行ってしまう。背筋の伸びた広い背中に見惚れ、ありがとうございましたと声をかけることも忘れた。

東宮寺の背中を見送って、直文は深々とした溜息をつく。感じのいい人だな、と思った。それにとんでもない色男だ。既婚者だとわかっていてもよろめきそうになる。あれでは奥さんも気が気でないだろう。

（僕だってよろめきかけたもんなぁ）

東宮寺の笑顔を思い出し、直文は密《ひそ》かに目元を赤く染める。

店に誰もいなくてよかった。こんな顔をしていたら長年の秘密もばれてしまう。

まだ誰にも打ち明けたことはないし、多分この先もずっと秘密のままだろうが、直文の恋愛対象は同性なのだった。


直文が喫茶ＫＯＫＥＳＨＩを開店したのは半年前の春のこと。喫茶店を開こうと決めたのは大学卒業直前だ。

喫茶店を営んでいた叔父夫婦のもとに転がり込み、三年かけて仕入れや帳簿つけ、調理などを教え込んでもらった。

店をひとりで任せてもらえるようになると、叔父が直文に店を譲《ゆず》りたいと言い出した。なんでも、数年前に叔母と旅行で訪れた北海道のラーメンが感動的に美味《うま》かったそうで、これを機に北海道に移住してラーメン店をオープンしたいという。

叔父から居抜きで店を譲り受け、喫茶ＫＯＫＥＳＨＩはオープンした。

店は午前の営業が十一時から十五時まで、午後は十六時から二十時までだ。

食事は昼間がランチのみ。和風か洋風の二種類から選べる。夜は定食二種。こちらも和洋の選択制だ。

朝彦が指摘した通り、直文の店のメニューはちぐはぐだ。喫茶店の軽食よりはボリュームがあるが、定食店というにはメニューの数が少なすぎる。

開店当初はサンドイッチやケーキも出していたのだが、客から「もっとしっかりしたご飯が食べたい」との意見が出たのでランチをやることになった。そのうち夜にやって来る客も同じことを言い出して、定食も出すようになった。この辺りで軽食はメニューから外したのだが、今度は会社の昼休みに抜け出してきた客に「弁当とかないの?」と訊かれるようになり弁当も出すようになった。

その結果、喫茶KOKESHIは現在の通り、喫茶店なのか定食店なのか弁当屋なのかよくわからない店になったのだ。

「客の要望を聞き入れすぎて失敗する典型的なパターンですね」

カウンター席に箸《はし》を置いた朝彦がきっぱりと断言する。

直文は朝彦の前の盆《ぼん》を下げながら「そうかな」と眉を下げたが、綺麗に完食された皿を見てすぐ相好《そうごう》を崩した。いつもは学校帰りにアイスティーしか頼まない朝彦だが、今日は店の料理をチェックするとかで洋風定食を注文していたのだ。

時刻はもうすぐ夜の七時。今日も客入りは少なく、店内には朝彦以外誰もいない。

朝彦が初めて店を訪れてから一週間。あの日を皮切りに、朝彦はほぼ毎日のように学校帰りに店に来る。

二回目に来店したとき朝彦は「これ、今年の夏休みに僕が作った自由研究の資料です」と言って分厚いファイルを手渡してきた。

中をめくって驚いた。『私の街の飲食店』なるタイトルがつけられたレポートには、駅を中心に、直文の店を含めた近隣の飲食店の規模、客層、利用状況が詳細に書き記されていた。ファミレスや喫茶店、居酒屋まで網羅《もうら》された資料を見て、どうやって調べたのだと尋ねると、このときばかりは子供らしい得意げな顔を向けられた。

「『お父さんが先に来てるはずだから探していいですか』って言えば、僕みたいな子供だって夜の居酒屋に入るのは簡単です」

納得したし、感心もした。思いつくだけならまだしも、それを実行した度胸も凄い。

「この手の調査は、周辺の店を点ではなく面で捉《とら》えることが大切なんです。流行《はや》っていそうな店で一回食事をしただけでは何もわかりません。夜八時から九時に周辺の店を二十軒ほど回らないと。これを時間と曜日を変えて行うことで、ようやくこの地域の人の流れが見えてくるんです」

それを小学生が夏休みの自由研究でやり遂げたのだから脱帽《だつぼう》だ。担任の先生もさぞ驚いたことだろう。

しかしこの自由研究も朝彦にとっては下準備に過ぎず、この界隈《かいわい》で最も流行っていない店を自《みず》ら立《か》て直すことこそ真の目的らしい。

「それで僕の店に白羽《しらは》の矢が立ったわけだ」

「そういうことです」

朝彦はカウンター席で分厚いノートをめくって頷く。店に客が来ると、朝彦はこのノートに客の来店時間とおよその年齢、性別、注文したものなどメモを取るのだ。

「そういう細かいデータも必要なの？」

カウンター越しに尋ねれば、「のんきな店長ですね」と睨まれてしまった。

「店にどんな客が来るのか確認するのは大切ですよ。ターゲットが狙い通り来店しているのか定期的に確かめないと」

言いながら、朝彦はカウンター脇に置かれた本棚に目を向ける。

「そもそもこの店は、どんな客層をターゲットにしているんです？」

急に言われても困る。などと言ったら多分怒られるだろう。本来なら開店当初に考えておかなければいけないことだ。

長考の末、直文は思いつくまま答えた。

「主婦と、学生さんと、サラリーマンと……あと、子供連れの人かな」

「そんなことだろうと思いましたよ」

朝彦は呆れ顔で本棚を指さす。

「この本棚、青年誌と中高年の女性向けファッション雑誌と絵本が混在してる。ターゲットが絞《しぼ》り切れていない証拠です。まずはこの棚を整理しないと」

「そうかなぁ」

「それと、貴方《あなた》の本を置いておくのもやめて下さい」

朝彦が本棚から抜き出したのは、『飲食店を潰《つぶ》さない極意』、『失敗しない美味しいお弁当の作り方』など、直文が仕事の合間によく読んでいる本だ。

「こんな初心者丸出しの本を店に並べておくのはどうなんです。客が不安になりますよ」

「はぁ、なるほど」

実際店長になって日が浅いのでついついこの手の本を熟読してしまうのだが、客の目につくのはよろしくなかったか。

感心しきりの直文に溜息を漏らし、朝彦は頬杖《ほおづえ》をついた。

「前にも聞きましたが、この店のコンセプトはなんです？」

「コンセプトというと……」

「経営理念。どんなお店にしたいんですか」

わざわざわかりやすく言い直してくれた。意外と朝彦は面倒見がいい。

「そうだなぁ。お客さんが楽しくご飯を食べられるお店にしたい、かな」

「ありきたり過ぎて他店との差別化ができませんね」

「じゃあ、こけしを愛《め》でながらご飯を食べてほしい、とか」

これならどうだ、とキッチンで皿を拭《ふ》きながら答えれば珍しく反論がない。これだけ多種多様なこけしを店内に並べている喫茶店が珍しいことは朝彦も認めているらしい。

「確かにこけしはインパクトがありますが、どうしてこけしなんです？」

初めて朝彦がこけしの話題に触れてくれて、直文は満面の笑みを浮かべた。

「僕がこけし好きだからだよ！」

「好き」

「そう。こけしを集め始めたきっかけはあのこけしなんだ。ほら、窓際にあるこけし。家族で温泉旅行に行ったとき見つけたんだけど、あれがうちの母親にそっくりで」

「わかりました、もういいです」

「待って、聞いて、あれは鳴子《なるこ》系なんだ。首を回すと音がするんだよ、ちょっと聞いてみる？ほら、これなんだけど」

「いいです、本当にどうでもいいです！」

残念、と肩を竦《すく》め、直文は自分でこけしの頭をきゅっと鳴らした。

「ところで朝彦君、そろそろ帰らなくても大丈夫？」

朝彦の家は、この店から歩いて十分ほどの所にあるらしい。近くには祖父母も住んでいるというが、さすがにもう遅い時間だ。

「お母さんも心配するんじゃない？」

朝彦がさっと直文に目を向ける。何か言いたげに口元が動くのと、店のカウベルが鳴るのは同時だった。

「こんばんは」

聞き覚えのある声に顔を上げれば、そこには朝彦の父である東宮寺が立っていた。

朝彦は父親を見ると露骨《ろこつ》に眉を寄せて顔を背《そむ》ける。そんな朝彦を横目に、東宮寺は弱り顔で直文に会釈した。

「すみません、またうちの息子がお世話になったようで」

「いえいえ、朝彦君は立派な常連さんです。東宮寺さんもどうぞお掛けになって下さい」

東宮寺が朝彦の隣に座るのを待って、直文はこけし片手に「爪楊枝の件ですが」と切り出した。

「化粧室にも置いたらいいってアドバイス、早速《さっそく》やってみたらお客さんに喜ばれました。テーブルにも置いているのにどうして化粧室にまで必要なのかなって思ったんですが」

「人前で爪楊枝を使うことに抵抗のある人もいますからね」

直文の言葉を引き取った東宮寺に、「そうなんですよ」と大きく頷く。

「全然思いつきませんでした。僕は気にせず楊枝使っちゃうので。だって歯の間に肉とか挟まってると会話に集中できませんもんね？　今回の件で、真顔で楊枝を使いながら相手の話を聞いていた自分を反省しました！」

「人前で頓着《とんちゃく》なく爪楊枝使うなんて、店長意外とオッサンですね」

横から朝彦が口を挟んできて、東宮寺が慌てたように朝彦の方を向いた。しかしその直前、朝彦の言葉を肯定するように小さく噴き出したのを直文は見逃さない。

直文は東宮寺と朝彦を見比べ首を傾げた。

「僕、オッサンかな？」

「オッサンですよ。楊枝使いながらしーはー言うんでしょう？」

「だってそうしないと取れないよね」

「開き直るのが益々《ますます》オッサンです」

「こら、朝彦」

表情を取り繕《つくろ》った東宮寺が止めに入ったが、直文がこけしの首を鳴らしながら「オッサンか」と真顔で呟くと、いよいよ耐え切れなくなったように笑い崩れた。その上なかなか笑い止《や》まない。変なツボに入ってしまったらしい。

「すみません、朝彦の言うことはお気になさらず。店長はオッサンではありませんよ」

笑いながらもフォローを入れてくれる。砕けた笑顔を向けられたのが嬉しくて、直文も一緒に笑った。

「アドバイス参考になりました。朝彦君もお店の経営に詳しいし、もしかして東宮寺さん、そういうお仕事されてるんですか?」

東宮寺の笑みが少し薄れた。口元に礼儀正しい笑みだけ残し、ジャケットから名刺入れを取り出す。

「一応、コンサルタント会社に勤めております。と言っても、私は総務部なんですが」

東宮寺の隣で帰り支度をしていた朝彦が、急に唇をへの字に結んだ。ランドセルにノートをしまう手つきが乱暴になる。

「息子がよくこのお店に出入りしているようなので、もし何かありましたらこちらまでご連絡ください。すぐ迎えに参ります」

「え、あ、ご丁寧にどうも」

直文が名刺を受け取ると同時に、ランドセルを背負った朝彦が椅子から飛び下りた。東宮寺も追いかけようと腰を浮かせたが、それを制するように朝彦が鋭く振り返る。

「父さんもここでご飯を食べていって。それで、何か改善点があれば挙げて」

え、と声を揃えた大人たちを見上げ、朝彦は挑《いど》むような顔で言った。

「僕は挙げられた。この店の問題点もわかってるつもりだよ」

父さんはわかるの、と言外《げんがい》に問いかけ、朝彦は大股に店を出ていってしまう。いつもは自分で支払いを済ませていくのだが、今日は父親に払わせるつもりのようだ。

「追いかけなくていいんですか?」

東宮寺は溜息をついて、膝の上に置いていた鞄を椅子の下の荷物カゴに置いた。

「いいんです。無理に追いかけた方が機嫌を損《そこ》ねてしまうでしょうから。よろしければ、私も食事をさせていただいてよろしいでしょうか？」

「……まさか、東宮寺さんまでうちの料理の問題点を指摘するつもりですか？」

メニュースタンドに目を向けていた東宮寺は、ちらりと直文を見て「店長がお望みなら」と悪戯《いたずら》めいた顔で笑う。

「お、お手柔らかにお願いします」

「承知しました。では、和風定食をお願いします」

注文を受けて早速キッチンに入った直文は、ふと気になって東宮寺に尋ねた。

「朝彦君には洋風定食を出したんですが、よかったんでしょうか。お家でご飯の準備をしていたんじゃ？」

「大丈夫ですよ。今日は作り置きも用意していませんでしたし、そういう日は祖父母の家に行くか、外で何か買って済ませるように言ってあるんです」

「え、でも」

奥さんは？　と尋ねようとして口ごもる。朝彦の母親は食事の用意をしないのだろうか。尋ねたかったが、東宮寺は直文の顔色に気づかぬ様子で続ける。

「だから朝彦にはある程度の現金も持たせるようにしています」

「あ、だから朝彦君、いつも自分で支払いするんですね。小学生なのに羽振《はぶ》りがいいなぁと思ってたんですけど……」

「企業研究なんて言いながら、普段からひとりで外食もよくしていますよ。それで、朝彦はこの店の料理にどんな評価を？」

楽しそうな顔で東宮寺に問われてしまい、完全に質問の機を逸《いっ》してしまった。

他人の家庭環境にあまり踏み込むのもよろしくないかと思い直し、直文は手短に朝彦から受けた指摘内容を報告した。

「味は悪くないと言ってくれたんですが、料理の名前が良くないそうです。『ランチ、和・洋』とか『定食、和・洋』じゃなくて、ちゃんと内容がわかるようにしろと。でもうちのメニューは日替わりなので他につけようがなくて。固定メニューにした方が仕入れも安定するとか言われたんですが……」

ほうれん草の胡麻和《ごまあ》えと切り干し大根、一口大の厚揚《あつあ》げを小鉢《こばち》に盛りつけながら呟けば、カウンターの向こうから穏やかな声が返ってきた。

「そういう考え方もありますが、日替わり定食は毎日通っても飽きませんからね。今日は何が出てくるだろうというわくわく感も捨てがたいですよ」

すん、と鼻を鳴らし、東宮寺は「いい匂い」と目を細める。

「旬の食材をたっぷり使えば原価も抑えられます。ランチの内容は、ボードに書いて外に置いておいてはどうです？」

「あ、そうか、そうですね。お客さんからもランチの内容を聞かれることが多いので」

直文は魚の煮つけを皿に載せながら感心して頷く。最後に白米と味噌汁を盛りつけていたら、東宮寺がカウンター脇の本棚を見ているのに気がついた。

「その本も、朝彦君に片づけた方がいいと言われました」

「これですか？」

東宮寺が本棚から引き抜いたのは、まさしく朝彦に「素人臭《しろうと》い」と指摘された本だ。

「随分読み込んでますね」

「休憩時間に読み返すようにしてるんです。でも素人臭くてお客さんが不安になるからやめた方がいいと……」

東宮寺は本のページをめくり、そうでしょうか、と柔らかな声で言う。

「『食中毒にならないために』とか『クレーマーの対処法』なんて本なら片づけるのを勧めますが、これならいいんじゃないですか？　貴方が頑張っているのがわかって」

「そうですか……？」

「本を片手に一生懸命作っているんだと思うと食べてみたくなりますよ。『失敗しない美味しいお弁当』とか」

東宮寺の声は穏やかで優しい。どんな些細《ささい》な欠点も見逃すまいと声を尖《とが》らせる朝彦とは逆に、直文のやることを全て大らかに肯定しようとする。総務部だという東宮寺は、鬼コンサルタントの朝彦とはものの見方が違うのかもしれない。

「そう言ってもらえると、ちょっと安心します。このお店も勢いで始めたもので」

「勢い？」

東宮寺が面白がる顔でこちらを見る。

「勢いです。僕、大学では経済学部に通ってたんですよ。卒業後は銀行に就職するつもりで、内定ももらってました。その内定を蹴《け》って喫茶店を始めたんです。ここ、最初は叔父のお店だったんですけど譲ってもらって」

「それはまた急な方向転換ですね」

無茶苦茶な話なのに、東宮寺は呆れた顔もしなければ非難めいた声も出さない。ただゆったりと相槌《あいづち》を打ってくれて、自然と直文の口は滑《なめ》らかになる。

「子供の頃から、皆が集まってお茶を飲めるお店が作りたいと思ってたんです。でも大人になるにつれて、自営業は大変かな、とか、生活が不安定かな、とかいろいろ考えてしまって……。だけどやっぱり、夢ってなかなか忘れられないものですね」

内定をもらった後、迷いを捨てきれなかった直文の背を押してくれたのは、父だった。

「父が、『お前は自分のやりたいことをやれ』って言ってくれたんです」

あの一言で、長年忘れた振りをしていた夢が息を吹き返した。後はもう勢いだ。目をつぶってがむしゃらに突き進み、こうして店に立っている。

そんな経緯《けいい》があるので、店の存続に対する不安は常にある。朝彦の言葉だって子供の言うことだからと聞き流せない。

直文は料理を載せた盆を手にカウンターを回ると、東宮寺の前にそれを置いた。

今日の和風定食は三種の小鉢とナメコの味噌汁、カレイの煮つけだ。

「甘辛い匂いはこれだったんですね。美味しそうだ」

煮つけを見た東宮寺が目元をほころばせる。早速箸を手に取って、おや、と眉を上げた。

「こんなところにもこけしがいる」

持ち手にこけしの頭がついた箸を珍しそうに眺める東宮寺に、直文は弱い笑みを返した。

「こけしも外した方がいいと言われました」

「朝彦にですか?」

「はい、不気味だし、こけしにちなんだメニューがあるわけでもないし……」

こけし集めは直文の趣味だ。東北の温泉を巡り、土産にこけしを買って帰る。自宅にもおびただしい数のこけしが揃っており、中でも気に入りのこけしを店に並べていた。

そのインパクトで客を呼ぼうという目論見《もくろみ》があるわけでもないし、こけしの曖昧《あいまい》な表情を不気味がる客もいる。朝彦の言う通り片づけてしまった方がいいのかもしれない。

悄然《しょうぜん》と肩を落としたら、東宮寺が笑いを含んだ声で言った。

「でもこの店には、こけしみくじがあるじゃないですか。こけしと一緒におみくじまでなくなるのは淋しいですね。それにこれだけのこけしを集めるのは大変だったのでは？　こけしにもいろいろ種類があるんでしょう？」

「そ、そうなんです！」

反射に近い早さで直文は身を乗り出す。

「こけしは東北地方で作られることが多くて、ここにあるこけしも青森、岩手、秋田、宮城、山形、福島を巡って買ってきたんです！　種類も大きく分けて十一系統あって、日本三大こけしと呼ばれているのは遠刈田《とおがった》、鳴子、土湯《つちゆ》なんですけど、僕はこの十一系統からちょっと外れてるのも好きで、最近は若いこけし工人《こうじん》さんの工房にもお邪魔させていただいているんですが……！」

まくし立て、はっと直文は口をつぐむ。こけしとなると止まらなくなるのは悪い癖だ。呆れられたかと思ったが、東宮寺は楽しげに相槌を打って先を促してくれる。

「工人というのは職人さんのようなものですか？」

「そ、そうです。でも、あの、長くなってしまうので、どうぞ召し上がって下さい」

東宮寺は料理に手もつけず直文の話を聞こうとするので、さすがに申し訳なくなってカウンターの裏に引っ込んだ。

東宮寺は両手を合わせ「いただきます」と声に出してから食事を始める。早速カレイの煮つけを口に運ぶと、嬉しそうな顔で目尻を下げた。口に合ったようでほっとする。

「こけしはこのままでいいと思いますよ」

皿を洗っていたら、水音に東宮寺の声が重なった。その声をよく聞きたくて、直文は水の勢いを少し弱める。

「愛着《あいちゃく》のあるものをそう簡単に手放す必要はありません。こけしは貴方にとって大切な物でしょう？」

「そうなんですが……、ただの趣味ですし」

「いいじゃないですか。店長の愛着がある品が並んでいるお店は客にとっても居心地がいいものですよ。貴方の好きなものを好きになってくれるお客さんはちゃんと現れます」

魚をほぐす手を止め、東宮寺は直文に目を向ける。

「お店の経営は難しいでしょう。何が正解かわからないからぐらつくのもわかります。でも、大事にしているものは最後まで手放さない方がいいですよ。自分がなんのために最初の一歩を踏み出したのか、わからなくなってしまうから」

真剣な眼差しを向けられて背筋が伸びた。はい、と唇だけ動かして答えると、東宮寺はまた穏やかに目を細める。

「すみません、私もお喋《しゃべ》りばかりして。もう閉店の時間ですね」

「あ、お、お気になさらず」

むしろもっと話をしてほしかった。優しく背中を押してもらった気分だ。自分の大切にしているものを柔らかく受け止めてもらえたのが、なんだかとても嬉しかった。

いっそ引き留めたいくらいだったが、東宮寺はあっという間に皿を空《から》にしてしまう。急いで食べているようには見えないのに、一口が大きいのだろう。副菜もカレイも白米も見る間に東宮寺の口の中に消えていく。洗練された見た目に反した気持ちのいい食べっぷりに惚れ惚れする。

「ごちそうさまでした。美味しかったです」

綺麗に皿を空にしてレジの前に立った東宮寺は、レジ横に置かれたこけしを見て目元を緩めた。

「こけしもそれぞれ顔が違うんですね」

レジ横に立っているのは黄色い着物を着たこけしだ。そうなんです、と直文も笑顔で頷いた。

「系統によってかなり違うんです。それは弥次郎系なんですが、目がくるっとして可愛いですよね」

東宮寺はしばらくこけしを眺めてから、うん、と小さく頷いた。

「確かに、可愛らしい顔ですね」

「ですよね！　宮城地方のこけしです！」

「貴方に似てる」

勢い余って「はい！」と応じてしまいそうになった。言わなくてよかった。自分で自分の顔を可愛いと認めることになる。

しかし似ているとはどういうことだ。直文の顔も可愛いと思っているということか？　世辞の類《たぐい》だと思いつつ、頬がうっすら熱くなった。

東宮寺は直文の顔色に気づいていない様子で財布から紙幣《しへい》を取り出す。

「息子が煩《うるさ》く言っているようですが、真面目に耳を貸さなくても大丈夫ですよ。子供の言うことですから」

直文は慌てて表情を取り繕うと、両手で紙幣を受け取った。

「朝彦君は僕よりしっかりしてるので聞き流せませんよ。夏休みの自由研究も凄かったですからね。休み全部をあの研究に費《つい》やしたんじゃないですか？」

「そのようですね。あの子の祖父母が嘆《なげ》いてました。海や遊園地に連れて行こうと思っていたのに、飲食店にばかり行きたがる、と」

「その行動力に脱帽します。あんなに頑張って作った資料を無下《むげ》にはできませんね」

笑顔で言い切ると、東宮寺に驚いたような顔をされてしまった。

「……ご迷惑なら、店にはもう来ないよう息子に伝えるつもりだったのですが」

「やめて下さい、淋しくなっちゃうじゃないですか」

会計を終え、からからと笑いながら水色のおみくじ箱を差し出すと、東宮寺はまだ目を瞬《しばた》かせながら箱に手を入れた。

「そんなにびっくりします？」

「あの子は大人び過ぎているのか、周りの大人から煙たがられることも多いもので……」

「そうですか？　あの可愛らしい見た目に反した辛口な批判が癖になりそうですけど」

「……珍しい人ですね」

東宮寺は心底驚いた顔でくじを引いた。その場で開き、「『相手の話をよく聞くと大吉』だそうです」と口にする。

「じゃあ、今日の東宮寺さんは大吉ですね。僕の話を聞いてくれたから」

東宮寺はおみくじから直文に視線を移し、マシュマロをぎゅっと押し潰したような笑い皺《じわ》を目元に寄せた。

優しい笑顔に驚いて、直文はぱっと視線を手元に落とす。親密な表情を見たら心臓が落ち着かなくなって、意味もなくがさがさとおみくじの箱を振る。

「あの、余計なことかもしれませんが、朝彦君の話も聞いてあげるといいですよ。面白いお話沢山《たくさん》してくれますし。喧嘩してるなら、相手の言い分も聞いてあげないと」

喧嘩？　と東宮寺が不思議そうな顔で呟くので、違うのかと目を上げる。東宮寺が店に来ると、朝彦は目に見えて不機嫌になるのに。

直文の言わんとしていることを察したのか、東宮寺は困ったような顔になった。

「喧嘩をしているわけではないのですが……。反抗期ですかね。でも、帰ったらきちんと話を聞いてみます」

「はい、うちのご飯の改善点でも並べて盛り上がってください！」

東宮寺はおみくじを丁寧に畳《たた》んでスラックスのポケットにしまうと、ゆっくりと首を横に振った。

「改善点なんてありません。とても美味しかったです。ご馳走様《ちそうさま》でした」

言いながら、東宮寺が直文に一歩近づく。

「また、食べに来てもいいですか？」

「そ、それはもちろん！」

また来てくださいと客に頭を下げることはあっても、また来ていいかと尋ねられるのは初めてで声が裏返った。ついでに東宮寺の美貌を間近で見てしまって動揺する。

「お待ちしてます！」とひっくり返った声で返事をすると、東宮寺がくすりと笑った。

「では、これからも親子ともどもよろしくお願いします」

「へい！」

これは完全に返事を間違えた。どこの江戸っ子だ。東宮寺も笑いをかみ殺している。

喉《のど》の奥で笑いながら帰っていった東宮寺を見送り、直文はよろよろとカウンターに手をついた。掌《てのひら》で頬に触れてみると少し熱い。胸は手を当てるまでもなくどきどきしていた。

妻子持ちに胸ときめかせてどうするとは思ったが、これぱかりはどうしようもない。振り返ってもらえないのは百も承知だが、東宮寺の穏やかに低い声と甘い視線に胸が高鳴る。

(せめてファンでいることくらい、許してもらおう)

誰にともなく呟いて、直文は頬を擦りながらカウンターの裏へと戻った。


九月になってもしぶとく残っていた夏の気配が遠ざかり、本格的な秋がやって来た。日増しに日没が早くなる。

店には相変わらず朝彦《あさひこ》がやって来る。店内視察の傍《かたわ》ら、宿題などをしていることが多い。客がいないときは直文《なおふみ》も朝彦の隣に座って雑務《ざつむ》をこなした。

カウンター席でおみくじを作っていた直文は、ふと気になって顔を上げた。

「もしかして朝彦君のお父さんって、前は経営コンサルタントみたいな仕事してた？」

朝彦は宿題の手を止め、「どうしてです」と不機嫌そうに問い返す。

「なんとなく、店に対する指摘が的確な気がするから。親身になってくれるし」

朝彦はふんと鼻を鳴らして手元に視線を戻した。

「昔の話ですよ。今はただの総務部長です」

「え、あの若さで部長ってすごいね？　というかお父さん幾《いく》つ？」

「三十四ですけど……そんなとこに食いつかないでください」

そう言われても気になるものは気になる。直文は東宮寺のファンを自認しているのだ。

三十代半《なか》ばで小四の子持ちなんてやっぱり若いお父さんだな、などと考えていたら、朝彦がテーブルにころんと鉛筆を転がした。

「……最近、この店の経営方針について父と話し合うことがあるのですが」

「え、依頼したわけでもないのに？　本職の方にそんなことさせたら申し訳ないよ」

「もう本職じゃありません。それに父のアドバイスではお金なんて取れない。あんな甘いことばかり言う人だとは思わなかった」

朝彦は鼻息も荒く「固定客を囲い込まなきゃ話にもならないのに」と言い放つ。

「初来店から三ヵ月以内に再来店した客はリピーターになりやすいんです。だから一度店を訪れた客には一刻も早く再来店してもらわないと困る。それに人間は、三日間思い出さなかったことはその八割を忘れます。来店から三日の内にこの店を思い出してもらうために、期限つきのスタンプカードや無料券を配るべきなんですよ」

「なるほどねぇ。でも僕ひとりでそういう管理するの大変そうだなぁ」

「ならどうして人を雇わないんですか！」

「人を雇えるほど儲《もう》かってないし」

「わかってますが先行投資してください！　人手が不足するとお客さんを待たせることになる

んですよ！」

「そこは『多少待ってもいいよ』って言ってくれるお客さんに来てもらうしか……」

「甘い！　父と同じこと言ってますね！」

「お父さんまでそんな無茶なこと言うの？」

朝彦は、「無茶だとわかってる分、貴方《あなた》の方がまだマシですよ」と語気荒く言い捨てた。

「父は本気で、『あの店長ならそういうお客もつくだろう』と言っていました。なんだか貴方のことを気に入ったようですから」

「そ、そうなんだ？」

気に入るという言葉に他意がないのは承知しているが、それでも言われて悪い気はしない。照れる直文に朝彦は冷めた目を向けた。

「あの人はもうコンサルでもなんでもないんです。真に受けない方がいいですよ」

データを揃え、理詰《りづ》めで店の売り上げを伸ばすのがコンサルタントの仕事だと朝彦は熱弁を振るう。

「それなのに父は、コンサルの仕事は究極のところ店主を励《はげ》ますことだ、なんて言うんです。このご時世に根性論みたいなことを。励まされて売り上げが伸びるなら潰《つぶ》れる店なんてありませんよ」

「経営してる側としては励まされたら嬉しいけどなぁ」

「気分が上がっても状況は改善しません。父だって、全国展開しているファミレスを担当していたときは、売り上げの悪い店を次々切り捨て全体の利益を伸ばしていたんです。私情なんて挟まない敏腕《びんわん》コンサルだったのに、今はすっかり腑抜《ふぬ》けてしまって……」

項垂《うなだ》れる朝彦の隣でおみくじを四つ折りにして、「腑抜けかなぁ」と直文は首を傾げる。

「お父さんは凄《すご》い人だと思うよ」

「慰《なぐさ》めは結構です」

「慰めじゃなくて。だって朝彦君、小学生ながらコンサルタントみたいなことしてるじゃない。その知識はどこで身につけたの？」

思わぬ質問だったのか、朝彦は虚《きょ》を衝《つ》かれたような顔でこちらを見た。

「それは、父の書斎にあった資料で……」

「難しい本が多かったでしょう。全部自分で理解できた？」

おみくじを折る手を止めずに尋ねると、ややあってから小さな声で返事があった。

「父に、教えてもらいました」

やっぱり、と直文は目元を和《やわ》らげる。

「君のお父さんは人にものを教えるのが上手なんだね。ちゃんと相手を見て、相手に届く言葉を選んでる。それって本当は凄く難しいことなんだよ」

カウンターの隅に置かれた朝彦のノートには、直文の店だけでなく周辺の飲食店の情報がびっしりと書き連《つら》ねられている。点ではなく面の調査が必要だときちんと理解しているからだ。そしてそれを教えたのは、他ならぬ東宮寺《とうぐうじ》なのだろう。

「君にここまでの知識を苦もなく教えられたお父さんは、きっとお客さんにも上手に問題点や解決策を教えてあげたんだと思う。凄いコンサルタントだよ。こうして僕に指導をしてる君自身がその証拠だ」

いつもはすぐ直文の言葉に嚙みついてくる朝彦だが、今日は黙り込んで何も言わない。カウンターに置かれたコップの中で、氷がからんと音を立てる。

「それにね、そうやって親子でお喋《しゃべ》りができるのが僕には羨《うらや》ましい。僕にはもう、父がいないから」

朝彦がはっとしたような顔でこちらを見た。何か言おうとして、でも上手く言葉が出てこなかったのか弱々しく唇を閉じる。

「お父さんも、朝彦君とお喋りできて嬉しいんじゃないかな」

「そんなこと……」

「えー、まだお父さんと喧嘩してるの？　それとも反抗期？」

敢えて軽い口調で尋ねると、朝彦にじろりと睨まれた。

「親子の確執《かくしつ》があるんですよ」

「また難しい言葉が出てきたなぁ」

「この言い方が一番正しいんです。僕のせいで父はコンサルタントを辞めたんですから」

おや、と直文は手を止める。朝彦の横顔は真剣だ。おみくじを脇に退《ど》け、話の先を促すつもりで朝彦に体を寄せる。

朝彦は鬱陶《うっとう》しそうに直文を押しやってから、短く鋭い溜息をついた。

「僕が幼稚園に入ってすぐ、父と母は離婚してるんです。僕を引き取ったのは父で、それを機に総務部に異動したと祖父から聞いています。僕の面倒を見ないといけないから」

思いがけない言葉に目を見開いたものの、直文はさほど声に驚きは滲《にじ》ませず「そうなんだ」と返す。

(だから家にご飯の用意がないときは、お祖母《ばあ》ちゃんの所に行くか外で食べてくるように言われてたのか)

東宮寺に配偶者がいないとわかって、一瞬心が軽くなった。けれどすぐ、そんな自分に直文は自己嫌悪を覚える。だからといって東宮寺が異性愛者であることは変わらないし、思い詰めた顔をしている朝彦の横でそんなことを思うのは不謹慎だ。

朝彦は背の高い椅子の上で足を揺らし、しかめっ面《つら》でテーブルの一点を見詰めて言った。

「本当は、父はコンサルを辞めたくなかったんじゃないかと思うんです。今だって戻りたがってるのかもしれない。でも、僕がいるから」

「お父さんもそう言ってる？　君のために仕事を変えた、後悔してるって？」

「言うわけないじゃないですか。コンサルにも未練はないって言ってたけど、信じられません。こうして僕がコンサルの真似事をしていれば、そわそわ話しかけてきますしね」

直文はカウンターに肘《ひじ》をつき、朝彦がこの店の経営指導を始めた理由のひとつをぼんやりと悟《さと》る。かつての仕事をちらつかされた父親がどんな反応をするか見たかったのだろう。本当に昔の仕事に未練がないか確かめたかったに違いない。

「父は多分、まだコンサルの仕事をやりたがってます。だったら僕のことはもう放っておいて、昔のように仕事をしてほしいんです。僕のせいで好きだった仕事を手放しただなんて思われたくない」

朝彦の声が尻すぼみになった。父親に引け目のようなものを感じているのを察して、直文は朝彦の丸まった背中を叩く。

「お父さんに直接そう話せばいいのに」

「……まともに聞いてくれません」

「嘘だぁ」

反論しようとしたところで新しい客が店に入ってきた。時刻は十八時近く、そろそろ夕飯時の客がやって来る頃だ。

気落ちした表情から一転、朝彦は心得顔でカウンターの上を片づけると、さっさとレジの前に向かった。店の稼働率《かどうりつ》を下げぬよう配慮してくれているのだ。

スーパー小学生だなぁ、と改めて感心し、そんな子でも親とは上手に向き合えないんだな、と微笑《ほほえ》ましくもなった。

会計を済ませると、直文はレジの裏からピンク色の箱を出して朝彦におみくじを引かせた。

朝彦の引いたおみくじには、『信じていれば大丈夫』と書かれている。

「タイムリーなおみくじが出たね。これは素直にお父さんの言葉を信じた方がいいんじゃない？」

「……おみくじといっても貴方の手作りでしょう。どんなご利益《りやく》があるんです？」

「手作りでも、こういう結果を引いたのは君自身だよ。信じてみてもいいんじゃないかな」

生返事をした朝彦は心底胡散臭《うさんくさ》そうな顔だ。

だが、直文は偶然にも見てしまう。店を出た後、おみくじを大事そうにズボンのポケットにしまう朝彦の後ろ姿を。

喫茶ＫＯＫＥＳＨＩは毎週木曜と第三水曜が定休日だ。月に一度だけあるこの二連休に東北の温泉地を訪れ、新たなこけしを買うのが直文の数少ない楽しみである。

水曜の朝から新幹線に乗り込み、地元の温泉と料理を満喫《まんきつ》したらこけしを求めて散策に出る。新幹線の時間ぎりぎりまで吟味《ぎんみ》を重ね、気に入りのこけしを購入した直文は、木曜の夜にホクホクと東京まで戻ってきた。

人でごった返す東京駅を、まだ旅情の抜けきらないふわふわした足取りで歩いていると、前から来た女性と肩がぶつかった。弾《はず》みで斜め前を歩いていた男性の背中に激突してしまい、直文は慌てて「すみません！」と謝罪をした。

声に反応して男性がこちらを振り返る。顔を見てもう一度謝ろうとした直文は、それが東宮寺だと気づいて目を丸くした。

「あれ、東宮寺さ……」

言っている間に人波が直文を押し流す。そのままずるずる後退しそうになって、とっさに伸ばした手を東宮寺に摑まれた。

人混みの中でぐっと体を引き戻され、その力強さに心臓が跳ねた。ついでに東宮寺に急接近してしまい焦《あせ》った声を上げたが、雑踏に紛《まぎ》れて東宮寺の耳にまで届かない。

東宮寺は直文の手を摑んだまま人混みを掻《か》き分け、ホームまで来るとようやく手を離してくれた。

「大丈夫ですか」

「は、はい、すみません、駅のラッシュに慣れてなくて……」

恐縮しきって頭を下げ、直文はこっそり自分の手首をさする。東宮寺に摑まれた感触がまだ残っているようだ。

たかが手を摑まれただけで動揺しているのがばれぬよう、直文は体の後ろで手を組んだ。

「東宮寺さんは、お仕事の帰りですか？」

「ええ。そちらのお店は？」

「昨日、今日とお休みです。実は温泉に行ってきたんですよ。こけしも買ってきちゃいました」

「いいですね。どんなこけしです？」

「今回はちょっと渋めの木地山《きじやま》系です！」

意気込んで答えたものの、すぐに正気づいて直文は俯《うつむ》く。

「なんて、言ってもよくわかんないですよね、ええと」

「秋田のこけしですね」

直文の言葉を待たず、東宮寺はこけしの産地を言い当てた。驚いて目を丸くした直文を見下ろし、悪戯《いたずら》っぽく笑う。

「太めの胴《どう》で、らっきょう型の頭。胴の模様は着物柄が多い……で、合ってますか？」

「え、あ、合ってます。けど……なんで？」

「お店に並んでいたこけしがあまりに多種多様だったので、私も興味が湧いて」

「え……えぇっ、本当ですか⁉」

直文の声が子供のように跳ねる。これまでも周囲の人間にこけしの魅力を語ってきたが、興味を示してくれた人は初めてだ。

「よ、よければ買ってきたこけし見ます？　素敵なんですよ、ちょっと憂《うれ》いを帯びた表情で……！」

「ぜひ拝見したいです。折角《せっかく》ですし、どこかで夕食でもご一緒しませんか？」

喜んで！　と即答しかけて思いとどまる。

「でも、朝彦君、大丈夫ですか？　あの、家にお母さん、いないんですよね……？」

東宮寺は軽く目を瞠《みは》ったものの、すぐに表情を和《やわ》らげた。

「離婚のこと、朝彦から聞きましたか？」

「う、はい……。すみません、立ち入ったことなんですけど……」

「いえいえ。隠すようなことでもありませんから。朝彦なら大丈夫ですよ。私の母に連絡をしておきますから。それに……」

早速《さっそく》連絡を入れるつもりなのか、ジャケットから携帯電話を取り出して東宮寺は小さな溜息をつく。

「あの子は、私が遅く帰った方が喜びます」

ホームに電車が滑り込み、東宮寺の声を吹き飛ばす。

反射的に、まさか、と笑い飛ばそうとしたが東宮寺の横顔は思いがけず深刻だ。安易に声もかけられず、直文は何も言えないまま東宮寺と電車に乗り込んだ。

直文の寝起きしているアパートは、喫茶ＫＯＫＥＳＨＩから歩いて数分の場所にある。どうせ二人とも最寄り駅は一緒だからと、地元まで戻って飲むことになった。

東宮寺の勧めで駅前にある半地下のスペインバルにやって来た直文は、洒落《しゃれ》たバーカウンターに気後《きおく》れしつつメニューを開いた。

「ここはワインなんかも充実してますが、料理も美味《おい》しいですよ。ピザとかお腹に溜まるものもありますから」

明かりを絞《しぼ》ったカウンターで、東宮寺は半身を直文に向けて微笑む。普段から男前だと思っていたが、雰囲気のある店に据《す》えるとますます男振りが上がって直視もできない。

直文はメニューを閉じて東宮寺に渡した。

「東宮寺さんが決めて下さい。僕が決めると、パスタとかピザとかお腹一杯になるものばかり頼んでしまうので」

「いいじゃないですか。夕食なんですから」

「東宮寺さんのイメージじゃないです。ワインとオリーブとアヒージョとかがいいんじゃないですか。絵面《えづら》的に」

「どうして夕食の内容を絵面で決めるんです」

東宮寺は笑いながら店員を呼ぶと、カプリチョーザと大盛りのカルボナーラ、ハムの盛り合わせにスパニッシュオムレツを注文した。

「シェアしましょう」

「いいんですか、こんなおしゃれな店で、男子高校生みたいな……」

直文が恐縮すれば、「変なことを気にしますね」と東宮寺はおかしそうに笑った。

腹を空かせた自分に気を遣ってくれたのかと思ったが、いざ料理が運ばれてくると東宮寺はそれこそ男子高校生のように旺盛《おうせい》な食欲で食べ物を口に運んだ。

直文の店で食事をしているときも思ったが、東宮寺は食べるのが早い。きちんと咀嚼《そしゃく》しているし、がっついてもいないのに、直文の倍の速さで皿が空になる。

「いい食べっぷりですねぇ」

うっかり見惚れて自分の手元が疎《おろそ》かになった。待たせるのも悪いので酒を勧めると、東宮寺も遠慮せずワインをボトルで注文する。

「ボトルですか！」

「ええ。店長も飲むでしょう？」

「飲みますけど、東宮寺さんって意外と豪快ですね？　一杯食べるし一杯飲む」

「そうでもないですよ。つまみはオリーブでも頼んでちびちびやりましょう」

「おっ、そこは僕のイメージに寄せてくれるんですね！」

職場から離れた場所だからか、今日はいつも以上に東宮寺と会話が弾む。それが嬉しくて、直文は上機嫌で東宮寺と乾杯した。

酒が進むにつれ我慢できなくなり、直文は旅行先で買ってきたこけしを出した。縞《しま》の着物を着たこけしを東宮寺は興味深げに手に取り、「無表情ではないけれど笑顔でもない、憂愁《ゆうしゅう》を帯びた顔がいいですね」と言ってくれた。実によくわかっている。嬉しくなって、こけしを肴《さかな》に際限なく杯を重ねてしまった。

飲み始めて一時間もするとボトルが底を尽いたが、東宮寺は酒に強いタイプらしくほとんど顔色が変わらない。直文はうっすら頬が赤くなっているものの、弱くもないのでほろ酔い気分だ。

もう店を出る頃合いなのはわかっているが、東宮寺とのお喋りが楽しくて帰るのが惜しい。そっと隣を窺うと、東宮寺もこちらを見て目を細めた。店に入る前より親しさを増した眼差しに胸がどきつく。

引き留めたい。でもさすがにこれ以上は、と葛藤《かっとう》していたら、東宮寺がドリンクメニューを差し出してきた。

「もう一杯だけ飲んで帰りましょうか」

帰り難《がた》い表情を見抜かれてしまったようだ。気恥ずかしく思いながら、直文はスパークリングワインをグラスで注文した。東宮寺も同じ物を店員に頼む。

運ばれてきたフルートグラスに口をつけ、直文はそろりと東宮寺の横顔を盗み見た。

「……朝彦君、もう寝ましたかね」

東宮寺は自身の腕時計に視線を落とし、「十時前ですから、まだ起きてるでしょう」と笑った。

「大丈夫ですよ。今夜は祖父母の家に泊まりに行ったようです。それに、あまり早く帰っても喜ばれませんから」

「じゃあ、急いで飲みます」

駅でも同じことを言っていたのを思い出し、今度こそ直文は「まさか」と声を上げた。

「いえ、本当に嫌そうな顔をされるんです、困ったことに」

「でも東宮寺さん、いつもわざわざ早く帰るようにしてるんですよね?」

店に朝彦を迎えに来るとき、東宮寺は十九時前後に現れる。残業をせずに会社を出なければこの時間に迎えにくることは難しいだろう。

東宮寺はグラスを揺らし、歯切れ悪く直文の言葉を肯定《こうてい》した。

「極力息子との時間を作りたいと思っているのですが、早く帰っても息子には煙たがられてしまって……。一緒にいても、どうやって過ごすのがあの子にとっていいことなのかよくわかりません」

グラスに添えられた東宮寺の左手には指輪がない。この人は男手ひとつで子供を育てているのだなと、こんなときに実感する。

カウンターの向こうの棚にずらりと並んだ酒瓶《さかびん》を眺め、親らしさがわからない、と東宮寺は言う。

「ここからは、私の話になってしまうのですが……」

「聞かせて下さい」

間髪《かんはつ》を容《い》れずに直文が応じると、東宮寺はなんだか眩《まぶ》しいものを見たときのように目を細めて笑った。

今でこそ孫の世話をよくみてくれる東宮寺の両親だが、若かりし頃は仕事で多忙を極めていたらしい。おかげで幼少時代の東宮寺に、親に構ってもらった記憶はない。

それでもいい子でいれば褒《ほ》められた。あまり息子の側《そば》にいられない両親は成績表の結果で東宮寺をいい子か否《いな》か判断したが、褒められれば子供心に嬉しかった。

会社で重要なポジションにつき、きびきびと采配《さいはい》を振るう両親を東宮寺は尊敬していた。絶対視もしていた。盲信《もうしん》と言っても過言《かごん》ではない。

だから基本的に親の言葉に従った。親の勧める大学に進学し、親の勧める会社に就職し、親の勧める見合いを受けて結婚もした。父親の「男は仕事だけしていればいい」という言葉すら鵜呑《うの》みにして、妻から離婚を言い渡されたのは東宮寺が二十七歳の頃のことだ。

妻は親権を放棄し、最低限の話し合いだけ済ませて家を出ていった。その後、住居を移したのか連絡がとれなくなり、もう何年もやりとりがない状態らしい。

「両親の言うことさえ聞いていれば大丈夫だなんて、子供みたいなことを考えていました。今にして思えば、両親だって決して完璧ではなかったのに。もっと近くであの人たちの姿を見ていれば、あんなに盲目的に従わなかったかもしれません」

せめて朝彦には同じ轍《てつ》を踏ませまいと、離婚後は比較的勤務時間が規則的な総務部へ異動したが、フルタイムの出勤は避けられない。

「いえ、本当は子供が大きくなるまでは時短で勤務することだってできるんですが」

自分で前言を撤回《てっかい》し、東宮寺はグラスの脚を指でなぞる。言いにくそうな顔をして、次の言葉が出てくるまでに少し時間がかかった。

「……私は、仕事が好きなもので」

なんだか悪い言葉でも口にしてしまったかのように東宮寺は俯く。

「自分は息子を人生の一番に据《す》えられているだろうかと自問するときがあります。でも、できていない気がする。ときどきは寝食《しんしょく》も忘れて仕事に夢中になってしまって、そういうときは息子の存在を忘れています。……父親失格ですね」

直文は東宮寺の言葉を否定も肯定もせず、黙って耳を傾ける。

東宮寺の悩みは彼ひとりに限ったものではなく、働く親なら大なり小なり抱えているもののように思えた。特に仕事にやりがいを感じている親は、子育てよりも仕事を優先していないか折に触れて悩むものだろう。その悩みを正面から受け止めている辺り、東宮寺はむしろ誠実であるように感じた。

「そうやって悩んでいる姿は、いいお父さんにしか見えませんけどねぇ」

「仕事に夢中で子供をないがしろにしても?」

「本当にないがしろにしていたらそんなに悩みませんよ。朝彦君のために仕事も早めに切り上げているようですし」

「それも、あまり朝彦には喜ばれないのですが」

ふむふむ、と頷いて直文はオリーブを口に放り込む。

他人から相談事を受けるとき、直文は相談者と一緒に深刻にならないようにしている。どんなに親身になったところで、自分は当事者になれないことを心得ているからだ。

それにしても、朝彦と東宮寺の言い分は少し食い違っていないだろうか。東宮寺は朝彦より仕事を優先すまいと自戒《じかい》しているようだが、当の朝彦はもっと東宮寺に仕事をしてほしいと言っていた。

「お仕事が好きならそちらに集中してみてはどうですか? 朝彦君も大きくなったことですし、コンサルタントに戻るとか」

「そうなると土日出勤も増えますし、帰りも遅くなりますから……」

「朝彦君はそれを嫌がってるんですか?」

東宮寺は眉を寄せ、いいえ、と首を横に振る。

「朝彦には前々から『僕のことは気にせず仕事をして』と言われているのですが……、あの子もまだ小学生ですし、淋しい気持ちを隠してそう言っているのではないかと」

「僕らが思っているより、朝彦君は大人かも知れませんよ？」

東宮寺は戸惑ったような顔で直文を見詰め返し、ぎゅっと眉間《みけん》を狭《せば》めてしまった。

「……子供の言葉が信じられないんです」

「え、ひどい」

「いいえ、違います。朝彦が信じられないのではなく……私が子供の頃、親の望む答えばかり口にしていたもので」

たとえば運動会や保護者会で、両親に来てほしい、と言うことが東宮寺にはできなかった。

それどころか、「行かなくても大丈夫ね？」と問われれば、もちろん、と頷き返してしまう。

親を困らせたくなかったからだ。

「あの頃の両親が、どんなに充実した気分で仕事に励んでいたのか今ならよく理解できます。

だから恨む気にはなれない。反対に、当時の自分がどれくらい淋しかったかも忘れられません。

だから朝彦に背中を押されても、素直にその言葉を信じられないんです」

「うーん、難儀ですね！」

直文はグラスに残っていたワインを飲み干す。朝彦の言葉を東宮寺に伝えれば解決するかと
思いきや、事はそれほど単純ではないようだ。

直文はカウンターに頬杖《ほおづえ》をついて空《から》のグラスを眺めた。濡れたグラスが、店内の淡い照明の

下でぼんやり光る。アルコールがふわりと体を軽くして、直文はその勢いを借り口を開いた。

「僕には子供がいないので話半分に聞いてほしいんですが、東宮寺さんはご両親の立場と子供の立場、両方がわかるから悩んでるんでしょう?」

言いながら、横目でちらりと東宮寺を見る。

「でも、勘違いしちゃだめですよ。貴方のご両親と貴方は別人だし、朝彦君と貴方も別人です。立場が同じでも、同じ考え方をしているとは限りません」

東宮寺も直文を見て、何も言わずに瞬きをする。お互いさすがに酔いが回ってきたようで、いつもより反応がゆっくりだ。

「親子だからって完全に考え方が一致するわけじゃないです。貴方の悩みは貴方だけのもので、貴方の考えを家族にも当てはめるのは違うと思いませんか?」

東宮寺が薄く唇を開く。何か言いかけたようだが遮《さえぎ》って、直文はにっこりと笑った。

「わかったつもりにならないで、ちゃんと朝彦君の話を聞いてみてください。話が通じていないからこそ、朝彦君は貴方の前でいつも不機嫌そうにしてるんだと思いますよ」

東宮寺の喉仏《のどぼとけ》が大きく上下する。呑み込んだものはなんだろう。東宮寺はそれが胃の腑《ふ》に落ちるのを待つようにゆるゆると視線を落とし、グラスに残っていたワインを一息で飲み干した。

「勝手なことを言って、お気に障《さわ》ったらすみません」

直文が頭を下げると、東宮寺は慌てたようにグラスをカウンターに置いた。

「いえ、とんでもない。こちらこそ、こんな相談事のようなことをしてしまって……」

東宮寺はワインの香りがする溜息をつくと、小さな声で直文の言葉を繰り返した。

「わかったつもりにならないで……。そうですね。私は物わかりのいい親になろうとして、朝彦の言いたいことを先回りして理解した気になって、あの子の言葉を正面から受け止めていなかったのかもしれない」

有難《ありがと》うございます、と頭を下げられ飛び上がる。子育ての経験のない自分の言葉などもっと軽く受け止めてくれていいのに。

直文に促されて顔を上げた東宮寺は、片手で口元を覆《おお》い、酒のせいばかりでなく目元を赤くして呟いた。

「貴方の前だと、どうしてか弱音を吐いてしまって……。情けない限りです」

気恥ずかしそうな顔で目を伏せる東宮寺を見て、危うく黄色い声を上げそうになった。普段は落ち着いた表情を崩さない東宮寺が、こんな無防備な表情を見せるとは。

「いや、僕、実は昔から葦《あし》の穴って呼ばれてまして!」

気を逸《そ》らすように口早に言えば、視界の端で東宮寺が「葦？」と首を傾げた。

「葦の原っぱにできた穴に向かって床屋が『王様の耳はロバの耳ー！』って叫ぶ、あれです」

東宮寺はきょとんとした顔をしたものの、すぐに「なるほど」と笑みをこぼした。

「貴方には秘密を打ち明けたくなってしまうわけですか。私以外にも相談者が？」

「子供の頃はよく近所のおばちゃんとかおじちゃんに人生相談されました。何もアドバイスはできませんでしたけど、にこにこ話を聞いていると皆自己解決して、お礼にお菓子とか置いていってくれるんですよ」

わかる気がします、と東宮寺が笑いを含ませた声で言う。

「だったら私もお礼をしないと」

「いやそんな、東宮寺さんと一緒にご飯を食べられただけでラッキーでしたし」

つるっと口から本音が漏れ、一拍置いて硬直する。下心をちらつかせてしまった。

内心冷や汗をかいたが、東宮寺は直文の言葉を額面通りに受け取ったらしい。不審な顔をするどころか、笑顔で直文を手招きする。

「ここはご馳走《ちそう》しますので、もう少しだけ葦の穴になって下さい。これも秘密にしたいんです」

相談事の続きだろうか。どぎまぎしながら東宮寺に体を寄せる。ウッディな香水の匂いがして、耳元に東宮寺の手が添えられた。

「私もずっと、貴方と二人でゆっくり話がしたかったんです」

吐息交じりの低い声を吹き込まれ、文字通り飛び上がった。スツールから尻がずれて転がり落ちそうになる。潜《ひそ》められた声は甘く、睦言《むつごと》でも囁かれた気分になった。

動転する直文とは対照的に、東宮寺はカウンターに肘《ひじ》をついて優雅に笑った。

「こんなことを朝彦に聞かれたら、『僕がいたら邪魔ってこと?』なんて怒られそうですからね。でも、朝彦の前ではこんな相談、とてもできませんから」

「あ、そ、そういう意味ですよね！」

「そういう意味とは？」

不思議そうな顔をする東宮寺に、なんでもないです、と力強く言い切った。それ以上の意味などあるわけがない。相手は子持ちのストレートだ。

会計を済ませて外に出る。途中まで道が一緒だとわかり、二人揃って夜道を歩いた。

「じゃあ、僕はこっちなので」

分かれ道で直文が立ち止まると東宮寺も足を止めた。少しだけ迷うように沈黙して、ためらいがちに直文に尋ねる。

「また、お誘いしても？」

直文は笑顔でもちろん、と即答した。こちとら東宮寺のファンだ。断る理由などない。

東宮寺はほっとしたように目元を緩《ゆる》め、「よかった」と言いながら直文の手を取った。

なんだろうとは思ったが、ほろ酔いだった直文は警戒もなく小首を傾げる。東宮寺もにっこりと笑って、おもむろに直文の指先にキスをした。

え、と声を出したつもりだったが、掠《かす》れた吐息にしかならなかった。

東宮寺は直文の手をゆっくりと離すと、秀麗な顔に笑みを浮かべる。

「今日は本当に有難うございました。では、お休みなさい」

「お――お休みなさい」

ぎりぎり返事はしたものの、何が起こったのかよくわからない。夜道の向こうに消えていく東宮寺の後ろ姿を棒立ちで見送る。

頭上の街路樹が風に煽《あお》られざわざわ鳴った。完全に東宮寺の姿が見えなくなってから、なんで、と直文は呟く。

(なんで子持ちのストレートが、手にキスなんて……?)

考えたところで答えは出ず、色づき始めた街路樹が風に揺られるばかりだった。


午後三時から四時までの一時間、喫茶KOKESHIは店を閉める。その間が直文《なおふみ》の休憩時間となるわけだが、半分は午前中に溜まった洗い物の片づけと夜の仕込みで消えてしまうので、あまりのんびりもしていられない。

店内の掃除を済ませてキッチンに戻ると、直文は壁掛けカレンダーに目を向けた。

東宮寺《とうぐうじ》と夕食を共にしてから明日で丸一週間だ。あれ以来、東宮寺とは顔を合わせていない。

そもそも毎日のように店を訪れる朝彦《あさひこ》とは違い、東宮寺と顔を合わせる機会は少ない。それなのにこの一週間はことさら東宮寺の来店を待ってしまった。

溜息を呑み込み、右手の人差し指と中指に視線を落とす。前回の別れ際、東宮寺がキスをしてきた場所だ。

思い出すと何度でも顔が赤くなる。あれは一体どんな意図があったのだろう。別れ際の挨拶《あいさつ》か。東宮寺には留学経験でもあるのか。

(それとも、見た目以上に酔ってたのかな)

考えに耽《ふけ》っていたらカウベルが鳴った。とっさに時計を見上げるが、午後の開店時間まではまだ十分ほどある。

掃除も終わっているし早めに応対するかとカウンターを出た直文は、入り口に立っていた小さな人影を見て目を瞬《しばた》かせた。ランドセルを背負い、俯《うつむ》き気味に立ち尽くしていたのは朝彦だ。

「朝彦君、いらっしゃい」

声をかけても朝彦は動かない。近づいて、両膝をすりむいていることに気がついた。慌てて近くの椅子に座らせる。

「どうしたの、転んだ?　待ってて、消毒液持ってくる」

「……そんな物が店にあるんですか」

「あるよ。料理してるとたまに包丁で指を切るからね。絆創膏《ばんそうこう》もある」

朝彦は固く引き結んだ唇をわずかに歪《ゆが》める。呆れたのか、笑ったのかは判断がつかない。

椅子の前に座り込んで傷の手当てを始めると、低い声で呟かれた。

「もう店を開ける時間でしょう。こんなことしてていいんですか」

「いいよ。まだ開店まで少し時間があるから。気にしないで」

「あまり人の好《い》いことばかりしているとおかしな客がつきますよ」

「大丈夫、ただのお客さんにはここまでしない」

顔を上げ、直文はニヤッと笑う。

「朝彦君はうちの大事なコンサルタントだから、特別待遇」

俯いていた朝彦が視線を上げる。目の奥でゆらりと何かが揺れた気がしたが、朝彦はそれと悟《さと》らせぬうちに深く顎《あご》を引いてしまう。

「僕は、何も」

「いやぁ、時間帯別にどんなお客さんが来るかまとめてくれたの、凄《すご》く参考になったんだ。僕もなるべくメモを取るようにしたんだけど、ああいうのって大事だね。おかげで最近は食材の余りが少なくなってきて……」

喋《しゃべ》っていたら、上からぽつりと水が落ちてきた。顔を上げると、朝彦が唇を嚙みしめて泣いている。

「……どうしたの？」

できるだけ穏やかな声で尋ねれば、朝彦は乱暴に目元を拭《ぬぐ》って直文から顔を背《そむ》けた。

「別に、なんでも」

「嘘だぁ。話してごらんよ。傷が痛くて泣いてるわけじゃないんでしょ？」

敢えて気楽な声で、楽になるかもよ、と言い添える。

朝彦はしばし逡巡《しゅんじゅん》してから「貴方《あなた》に言っても、仕方ないんですけど」と切り出した。

「キーホルダーが、なくなったんです」

「ん？　朝彦君、キーホルダーなんて鞄につけてたっけ？」

「いつもはランドセルの中に入れてます」

朝彦いわく、小さな木彫《きぼ》りのウサギがついたキーホルダーをいつもランドセルの内ポケットに入れて持ち歩いていたらしい。

今日の放課後、帰り支度をしようとランドセルを開けた朝彦は、滅多《めった》に開けない内ポケットのファスナーが開いていることに気づいてはっとした。中を確認してみると、入れておいたはずのキーホルダーがない。

落としたのかとあちこち探していると、背後から小さな笑い声が聞こえてきた。振り返るとクラスメイトの男子が三人、慌てふためく朝彦を見て笑っていた。

「あいつらがキーホルダーを盗んだんです」

「まだそうと決まったわけじゃ……」

「あいつらです！　前から僕の上履《うわば》きとか体育着も隠してきたから！」

朝彦が声を荒らげる。どうやらこれが初めてのことではないようだ。

朝彦は膝の上で拳《こぶし》を握りしめていたが、自分の手が震えていることに気づくと、気を取り直すように深く息を吐いた。

「僕は友達がいないし、いつもひとりだから、標的にしやすいんでしょう」

こんなときでも冷静な判断を下す朝彦を見て、直文は事の発端《ほったん》を垣間見《かいまみ》た気分になる。同年代の子供と比べるまでもなく朝彦は大人びているし、達観している。頭の回転も速く、同級生の子供じみた言い分など軽々と論破してしまうだろう。そうされた相手が朝彦に馬鹿にされたと思っても不思議ではない。

そうでなくとも子供は異質なものを排除しがちだ。

三人がキーホルダーを盗んだと確信した朝彦は、足早に学校を出ていく彼らを果敢にも呼び止め、キーホルダーを返すよう詰め寄った。だが三人は「証拠があるのかよ」「あるなら見せろ」と囃《はや》すばかりで埒《らち》があかない。

それでもしつこく食い下がると「証拠もないくせに犯人扱いするな」と突き飛ばされた。膝の傷はそのときできたものだそうだ。

「先生に相談してみた?」

「いえ……。先生に言ったら、父にも連絡がいくかもしれないので」

「お父さんに知られたくないの?」

朝彦は黙って膝頭《ひざがしら》に目を落とす。直文が貼った絆創膏は少しだけ端がよれていて、それを指先で直しながら朝彦は言った。

「あのキーホルダー、母が残していったものなんです」

三歳のときに家を出て行った母のことを、朝彦はほとんど何も知らない。写真で顔を見たことはあっても、実際会ったことはおろか、声を聞いたこともなかった。

その母が離婚の際に唯一置いていったのが、自宅の鍵につけていたキーホルダーだ。

古ぼけたキーホルダーが母の残したものだと知ってから、朝彦はそれをそっとランドセルの中に保管していた。

東宮寺は朝彦がキーホルダーを持っていることに、多分気づいていない。

事を荒立てたくない朝彦の心境を悟り、直文は顎に指を添えて考え込んだ。

「犯人はその三人で間違いないんだよね?」

「はい。四時間目の授業は体育だったのに、あの三人だけ遅れてきたんです。そのとき盗まれたとしか考えられません」

「その三人をこの店に連れてくることとか、できる?」

「……できる、と思います。あいつら下校中は僕についてきて後ろから悪口言ってくるので、店の前を通るようにすれば……」

「わかった。僕に任せて」

力強く言い切った直文は、何をするつもりだと眉を寄せる朝彦を見て不敵に笑う。

「朝彦君にはお世話になってるからね。こんなときくらいお返しさせてよ」

学校帰りの通学路に、ランドセルの金具がカチャカチャとぶつかり合う音が響く。朝彦は肩ひもを握りしめ、背当てがしっかり背中に当たるようにするが音はやまない。金具の音の向こうから、こそこそとお喋《しゃべ》りする声もやまない。

朝彦は肩越しに背後を振り返る。数歩後ろを歩くのは例の三人組だ。ちらちらと朝彦を見ては示し合わせたように三人で噴き出す。自分の話をしているのは明らかだが内容までは聞き取れない。それが益々《ますます》不愉快だった。

朝彦は何も言わずに前を向く。下校中に三人がぴったり後ろをついてくるようになったのは夏休みが明けた頃だ。大瓦《おおがわら》というクラスで一番体の大きな生徒が主体になって、その左右に腰《こし》巾着《ぎんちゃく》のような二人が付き従う。そのうち飽きるだろうと放置していたが、まさかキーホルダーを盗まれるとは。

担任に相談して父に連絡がいくくらいなら諦めようと思っていたのに、どうして自分はあの店に行ってしまったのだろう。

自分でもわからない。でも傷ついた膝を見ていたら、父でも祖父母でもなく、直文の能天気な笑顔が頭に浮かんだ。あの人なら無駄に深刻な顔はせず「こんなの大したことないよ」と笑い飛ばしてくれる気がした。

そろそろ店の看板が見えてきた。『喫茶ＫＯＫＥＳＨＩ』の店名は相変わらずダサいが、今日ばかりはあの看板が心強く見える。

店の前まで三人を連れてこいと言われただけで、直文がどんな計画を練っているのかは朝彦も知らない。どうするつもりかと思いつつ歩いていると、店の扉が勢いよく開いて、道路にざばんと水がぶちまけられた。

足元が冷たい水にさらわれ、うわっ、と背後で悲鳴が上がった。朝彦だけでなく後ろにいた三人にも水がかかったらしい。

慌てた様子で店から出てきたのは、大きなバケツを抱えた直文だ。

「ごめんなさい、水かかっちゃった？　人がいるなんて思わなくて、ごめんね？」

直文は朝彦の肩を摑み、心配そうに足元を覗いてくる。その顔はまるきり初対面の相手に対するそれで、意外な演技力に驚いた。

直文は朝彦の背後にいた三人組にも目を向け「君たちも濡れちゃったね。タオル貸してあげるから使って」と店の扉を大きく開けた。

「よかったらお詫《わ》びにジュースもごちそうするから」

直文が人好きのする笑みを浮かべる。背後で三人が顔を見合わせている気配がして、朝彦は率先《そっせん》して店の戸を潜《くぐ》った。

「タオルお借りします」

「どうぞ。君たちも入って。オレンジジュースでいい？　アイスティーもあるよ」

「僕はアイスティーで」

淡々と受け答えする朝彦につられたように、三人も店に入ってきた。

店に足を踏み入れてすぐ、朝彦は違和感に気づく。店内に明かりがついていない。

道路に面した大きな窓から夕陽が射してくるとはいえ、電気を落とした店内は薄暗い。朝彦の目顔に気づいたのか、「今日は定休日だから、ちょっと暗くてごめんね」と直文が片目をつむる。これも計画の一環か。

直文からタオルを受け取り四人掛けのテーブルに座った朝彦は、同じテーブルに着いた三人の顔を見て目を瞬かせた。

どうしてか、三人とも落ち着かない様子で店内を見回している。緊張しているというよりは怯《おび》えたような面持《おもも》ちだ。

三人が見ているのは、店内にずらりと並ぶこけしだ。テーブルの上はもちろん、窓の前、本棚の上、レジの横、傍《かたわ》らの飾り棚の中にも所狭しと並んだそれに圧倒されているらしい。

こけしなんて間抜けな顔をした民芸品ぐらいにしか思っていなかったが、夕暮れの薄暗い店内で、それらは独特の存在感を放っている。端的《たんてき》に言ってしまえば、怖い。

表情のないこけしに四方から見詰められ、店に通い慣れている朝彦すら落ち着かない気分になった。他の三人などなおさらだろう。

「凄《すご》い数のこけしでしょう」

テーブルにジュースを置きながら、直文は普段と変わらぬ口調で言う。もっと恐怖感を煽《あお》るような調子で来るかと思っていたのに拍子抜《ひょうしぬ》けだ。逆に三人はほっとした様子でジュースに口をつけた。

「全部僕が集めたんだ。大変だったんだよ、これだけ集めるのは」

笑いながら直文は朝彦の傍らに立つ。薄暗い店内で、窓から射す茜《あかね》色の光に輪郭《りんかく》を縁取《ふちど》られた直文は、ちょっと驚くくらい綺麗に見えた。

この人黙ってたら結構イケメンなのにな、と若干《じゃっかん》残念になる。王子様のような外見を売りにすることだってできそうだが、こけしまみれの店では難しいか。

「こけしって木でできてるでしょう。だから山の神様とつながってるんだよ」

「神様って」

大瓦が馬鹿にしたような顔で笑う。他の二人も追従《ついじゅう》するように笑った。

直文も目を細める。夕陽に照らされた唇が赤々と色づいて見えた。目元に笑みを浮かべたまま、大瓦を見詰めて何も言わない。

なんとなく、背後に並ぶこけしに似た笑顔だと思った。笑顔だが、何を考えているのかわからない。大瓦も直文の表情の変化に気づいたのか、慌てたようにストローを口に咥《くわ》えてずるずるとジュースを飲んだ。

「こけしってどういう字を書くか知ってる？」

直文が会話を再開する。相変わらず緩《ゆる》く微笑《ほほえ》んだまま、声も穏やかだが、なんだかそれが少し怖い。

「子供の子に、消える、で、『子消し』とも書くんだよ。悪い子供は山の神様に連れて行かれて、どこかに消える」

今度は大瓦も、腰巾着の二人も笑わなかった。初対面の子供相手に妙なことを語る大人を警戒し始めたのが表情からわかる。

「本当に連れて行かれる子供は少ないんだけど、身体の一部を持って行かれることはある。僕は昔、他人の物を盗んでしまって」

大瓦がぎくりとしたような顔で朝彦を見た。朝彦と目が合うとさっと視線を逸《そ》らされて、やっぱりこいつが盗んだんだなと確信する。

直文はにこにこと笑いながら、掌《てのひら》を内側に向けて右手を上げた。

「僕は指を持っていかれた」

窓から射す赤い光に照らされた直文の右手は、薬指の第二関節から先がなかった。

大瓦たちが息を呑む。朝彦もぎょっとしたが、直文の近くに座っていたおかげで、指を内側に折っているだけだとすぐ気づいた。

子供だましもいいところだったが、薄暗い店内と赤い夕陽の照明効果、こけしの居並ぶ異様な雰囲気に呑まれ、三人は直文の稚拙《ちせつ》な企《たくら》みに気づかない。

なかなかやるなと思っていたら、店の片隅で低い唸《うな》り声がした。振り返るより早く、カウンター脇に置かれていた本棚の上からガラガラとこけしが落ちてくる。

雪崩《なだれ》落ちたこけしがけたたましい音を立てて床を叩き、張り詰めていた糸が途切れたように大瓦たちが悲鳴を上げた。

「こけしが騒ぐなんて、近くに悪い子でもいるのかなぁ」

直文は笑顔で追い打ちをかけているが、多分大瓦たちの耳には届いていない。

店の入り口に駆け寄る三人を後目《しりめ》に、朝彦は本棚へと目を向けた。棚の上で何か光っている。携帯電話か。未だ続いている低い唸り声はバイブレーションの音らしい。

時間で携帯電話が鳴り出すようタイマーでもかけておいたのだろう。その振動でこけしが落ちてきたようだが、意外と仕掛けが雑だ。大瓦たちが振り返って本棚を見たら、多分何もかもばれてしまう。

当の大瓦たちはというと、店から出ようとしているが扉をがたがたと揺らすばかりで出られない。鍵がかかっているわけではなく、押さなければ開かない扉を引いているようだ。

朝彦は舌打ちして椅子から立つと、必死で扉を引く大瓦を押しのけ扉に体当たりした。

「こっち！」

いち早く店の外に出て、大瓦の腕を摑み走り出す。薄暗い店内にいたからか、夕暮れの街並みがやけに明るく見えた。

振り返れば腰巾着二人も走ってついてくる。よし、と拳を握ってしばらく走り、朝彦は店から離れた公園に飛び込んだ。

全員肩で息をしながら立ち止まる。大瓦など膝に両手をついて顔も上げられない。案外小心者のようだ。「大丈夫か」と朝彦は大瓦に声をかけた。

「お……お、おう……でも、あれ……」

怯えた目を向けられ、まずいな、と思った。この様子では明日にもクラス中に「お化けの出る店を見つけた」と言いふらしかねない。店のイメージダウンになる。

朝彦は怯える大瓦の肩を摑んで揺さぶった。

「僕たちあの店の人にからかわれたんだ。それだけだ」

「で、でも、こけしが落ちてきて……」

「偶然だ、あんなの気にするな！」

力強く言い切ってやると、大瓦の肩がびくりと震えた。朝彦を見て、ひどくためらいがちに口を開く。

「……俺、こけしに呪われないかな？」

大瓦は本気で直文の怪談を信じたらしい。直文の妙な迫力を思い出せば馬鹿にもできず、朝彦はしっかりと頷いた。

「呪いなんてあるわけないだろ、大丈夫だ」

せっかくの直文の計画をふいにしている自覚はあった。だがそのとき朝彦の頭にあったのは、店に悪い噂が立たぬようにということだけだ。なぜ自分が火消しに奔走《ほんそう》しなければいけないのだと思うと閉口《へいこう》したが、放っておくわけにもいかない。

呆れた店長だ。子供をおどかして通報でもされたらどうする気なのか。変人の営《いとな》む店なんて噂が立てば客足も遠退《とおの》くのに。

たかが朝彦のキーホルダーを取り返すために大がかりすぎる。直文がそんなだから、絶対店に迷惑はかけられないと朝彦も必死にならざるを得なくなるのだ。

大丈夫、と朝彦が再三繰り返すと、大瓦がようやく身を起こした。たちまち視線が逆転して大瓦に見下ろされる。

「……本当に大丈夫だと思うか？」

「思う。気にするな」

「俺、お前のキーホルダー盗《と》ったのに？」

朝彦は目を見開く。まさかこの場で白状されるとは思わなかった。大瓦の後ろにいる二人も驚き顔だ。

大瓦はじっと朝彦を見ている。からかうような表情ではない。朝彦も、ぐっと顎を上げて大瓦を見返した。

「怖かったら返せよ」

「怖くはねぇよ」

「店から一番に逃げ出したくせに」

「うるせぇよ、返さねぇぞ」

「呪われるぞ」

「呪いなんてないんじゃないのかよ」

「ないけどお前なんていっぺん呪われろ」

「結局呪いはあんのかよ」

大瓦を見上げ、「ないよ」と朝彦は断言した。

「あの店のこけしは、ただのこけしだ」

朝彦は強く呪いを否定する。店に妙な噂が立たないように。

でも大瓦にとってそれは、自分に振りかかる呪いを打ち消してくれる呪文《じゅもん》になる。

大瓦は唇の隙間から緩く息を吐くと、ズボンのポケットから小さなキーホルダーを取り出した。木彫りのウサギがぶら下がったそれを朝彦の胸元に差し出し、ぶっきらぼうな声で短く言う。

「ごめん。返す」

明かりの落ちた店の中、直文はそわそわとテーブルの間を歩き回っていた。

子供たちが店を出てからもう三十分以上経《た》つが、まさか朝彦まで一緒に出ていってしまうとは思わなかった。ちょっと子供たちを脅《おど》かして、その混乱に乗じキーホルダーを返すよう迫るつもりだったのだが。

自分も子供たちを追いかけた方がよかっただろうか。落ちつかず店を出た直文は、街灯の灯《とも》り始めた道の向こうから朝彦が歩いてくるのに気づいて道路に飛び出した。

「朝彦君！　大丈夫だった⁉」

朝彦は普段と変わらぬ無表情で、駆け寄ってきた直文にキーホルダーを掲《かか》げてみせる。

「あ、ちゃんと返してもらえたんだ！」

「奇跡的に返ってきました。でも貴方の計画、雑過ぎるんですよ。詰めが甘い。あいつらこけしの呪いとか言ってましたよ。店に悪い噂が立ったらどうするんです」

「それはまぁ、しょうがないよね。脅かしちゃったし。それよりキーホルダーが戻ってきてよかった」

心底ほっとして胸を撫で下ろす直文を見て、朝彦が呆れ顔で溜息をついた。それから口の中でボソッと何か言う。

「……ありがとうございました」

「ん？　何？」

「なんでも。それより、こけしって本当に子消しとも書くんですか？」

「まさか！　ただの俗説だよ。でも山の神様とつながってるのは本当。こけしの起源は諸説あるんだけど、山の神様への供物《くもつ》を模したものだって説があってね。それと、こけしって赤で着色されてることが多いでしょ？　赤は魔除《まよ》けの色だから……」

「その話まだ続きます？」

冷めた視線に怯《ひる》んで口をつぐむと、朝彦の背後から穏やかな声が響いてきた。

「私はもう少し聞きたいですが」

聞き覚えのある声に顔を上げれば、スーツ姿の東宮寺が歩いてくる。仕事帰りらしく、手にはビジネスバッグを下げていた。

直文はとっさに視線を下げる。前回の別れ際を思い出すとまともに顔が見られない。

東宮寺は朝彦の傍らで立ち止まり、「またお邪魔してたのか」と苦笑している。至って普通だ。直文に流し目ひとつ寄越さない。

やはりあれは挨拶程度の行為だったのだと気持ちを入れ替えていたら、東宮寺の顔からふっと笑みが引いた。

「朝彦、それ……、お前が持ってたのか」

東宮寺が見ていたのは朝彦のキーホルダーだ。慌てたように握り込んで隠そうとした朝彦に、東宮寺は尋ねる。

「お母さんのだろ?」

「……うん」

「お前が大事にしてるなら、そのまま持っていたらいい。隠さなくてもいいよ」

東宮寺に頭を撫でられ、朝彦は目に見えてほっとした顔になった。大事そうにポケットにキーホルダーをしまう朝彦と目が合って、直文はよかったね、と言うつもりでウィンクを投げる。

朝彦は呆れたような顔で目を逸《そ》らしたが、すぐに思い直したのか、再び直文と視線を合わせると、ほんの少しだけ唇を緩めた。

それは直文が初めて見る、年相応の笑顔だった。


そのまま帰ろうとする東宮寺親子を引き留め、店で夕食をご馳走《ちそう》することになった。

定休日だからと東宮寺は遠慮したが、もともと朝彦のためにカレーを用意していたのだ。キーホルダーを奪還できなかったら、即次回の作戦会議に雪崩れ込むつもりだった。

用意したのは粗みじん切りにした根菜《こんさい》とひき肉がたっぷり入ったキーマカレーだ。カレーを温める傍らサラダの準備をしていると、東宮寺に声をかけられた。

「さっき、こけしの話をしてましたね。こけしには魔除けの効果があるんですか?」

東宮寺の声を聞いただけで心臓がばたついたが、直文はそれを隠して笑顔を作る。

「そうなんです。家族で温泉旅行に行ったとき、旅館の売店で教えてもらいました。赤い染料を使った玩具《おもちゃ》は『赤物《あかもの》』って呼ばれていて、持っていると疱瘡《ほうそう》にかからないって言われていたらしいです。僕はそれを、こけしを持っていると病気にならないって勘違いして、それで集めてたんですけど」

カウンターで頬杖《ほおづえ》をついていた朝彦に「店長って子供の頃は病弱だったんですか？」と尋ねられ、直文は首を横に振った。

「僕じゃなくて、母の病気を治したくて」

「……お母さんの？」

「うん。僕が小学二年生のときかな、母が癌《がん》を患《わずら》って、余命宣告を受けてね」

朝彦が息を呑む。慌てて居住まいを正そうとするので、笑いながらサラダを手渡した。

「その頃かな、家族で湯治《とうじ》に出かけるようになったのは。温泉街に行って、美味《おい》しいもの食べて、温泉に浸《つ》かって、お土産はこけしを買って帰るのがお約束になった。僕は温泉で母に病気を治してもらおうって本気で思ってたけど、母は家族の思い出を作ろうとしてたんだと思う」

東宮寺の前にもサラダを置く。真摯《しんし》な瞳で見詰められるとまた心臓が落ち着かなくなり、ごまかすように昔語りを続けた。

「行く先々でこけしを買い集めたんですけど、母の病気は良くならなくて、結局僕が三年生になる前に亡くなりました」

いよいよ家族で旅行にも行けなくなり、寝たきりの状態が続いていたある日、母は枕元に直文を呼ぶと、鳴子《なるこ》こけしの首をキュ、と鳴らして笑った。

『ほら、このこけし、お母さんにそっくりだと思わない？』

ほんのり微笑むこけしと笑顔の母を見比べて頷けば、痩《や》せて細くなった手でこけしを渡された。

『いつもそばにいるからね』

こけしの木肌には母の手のぬくもりが残っていた。母が息を引き取ったのは、それから数日後のことだ。

母が亡くなった後も直文はこけしを買い続けた。母が手渡してくれた鳴子のこけしは枕元に置き、淋しさを紛《まぎ》らわせるようにこけしを買い漁《あさ》っては自室に並べた。学校から帰ると部屋に引きこもって出てこない。

そんなある日、直文の部屋にやって来た父が、枕元にあったこけしを指して言った。

『直文、このこけしは笑ってるか？　それとも泣いてるか？』

言われて初めて気がついた。母から手渡されたときは口元に仄《ほの》かな笑みを浮かべていたこけしが、今は口を引き結んでいるように見える。元々が笑顔ともつかない微妙な顔つきなので、直文は正直に、泣いているように見えると答えた。

『だったら、笑顔にしてあげよう。まずは明るいところに出してあげようか』

父は直文の部屋のカーテンを開けると、窓辺に母のこけしを置いた。他のこけしも次々と窓辺に並べ、場所が足りなくなるとベランダや居間の窓辺、玄関先、塀の上にまでこけしを並べた。

直文もそれを手伝っていると、ご近所さんがこけしに気づいて「あら可愛い」「素敵ね」と声をかけてくれた。

当時を思い出し、直文は小さく笑う。

「子供心に、『そうでしょう』って誇《ほこ》らしい気持ちになったんですよね。僕の大事なコレクションですから。そのときようやく、玄関先に並べたこけしがにこにこ笑ってるように見えたんです」

曖昧《あいまい》な表情は変わらないのに、直文の目にはちゃんとこけしが笑っているように見えた。部屋に戻って母からもらったこけしを見ると、こちらもちゃんと笑っていて、ああもう絶対にこけしを泣かせるものかと誓ったのだ。

「家の前にこけしを並べていたら、結構立ち止まってくれる人がいたんですよ。初対面の人同士でもこけしを糸口にお喋りが弾《はず》んだりして、そういうのを見て、こけしのいる喫茶店や定食屋さんができないかなって考えるようになりました」

とはいえ父ひとり子ひとりの家庭で、直文の目標は早く父親を安心させることだった。それで在学中に手堅く銀行の内定を決めたのだが、四年生になって間もなく、今度は父が他界した。心疾患《しんしっかん》による突然死だった。

「……以前、お父さんに背中を押されて喫茶店を始めたと言っていませんでしたか？」

東宮寺が思い出したように口を挟んできて、直文は「笑わないでくださいね」と前置きをしてから二人の前にカレーを置いた。

「父が夢枕に立ったんです。それで、『お前は好きなことをやりなさい』って言ってくれて……。目が覚めたとき、父さんは死んでまで僕の心配をしてるんだな、これはいけないって跳ね起きて、その勢いのまま内定を蹴《け》りました」

突然の進路変更に叔父夫婦は驚いていたが、両親を亡くした直文の心に寄り添ってくれて、この喫茶店も破格で譲ってくれたのだ。

話を終えた直文は、自分のカレー皿を持っていそいそとカウンター席に座った。

「すみません、僕の話ばっかり。さ、食べましょう」

朝彦の隣に腰かけた直文は、いただきます、と両手を合わせる。朝彦の向こうで東宮寺も手を合わせたが、真ん中にいる朝彦だけはスプーンを持とうとしない。見ればサラダにも手をつけていなかった。

どうしたの、と顔を覗き込むと、朝彦がズボンのポケットからキーホルダーを取り出した。木彫りのウサギがついたそれをテーブルに置き、ぽつりと呟く。

「店長にとってこけしって、お母さんとの思い出の品だったんですね」

朝彦はキーホルダーを一撫でするると、体ごと直文の方に向けて深く頭を下げた。

「ダサいとか言って、ごめんなさい。僕は全然この店のコンセプトが見えてなかった」

「え、ええ？　いいよ、僕だってコンセプトよくわかってないしね？　こけしは好きで並べてただけだから」

朝彦の顔を上げさせ、半《なか》ば強引にスプーンも持たせて直文は笑う。

「でも、わざわざ謝ってくれてありがとう。他人の大事なものが理解できるなんて、朝彦君は大人だなぁ」

「べ、別に、大人とか子供とか関係ないでしょう」

朝彦は照れたように直文から目を逸らし、今度は反対隣に座る父親へと視線を移した。

「お父さんは一度もこけしをどけろって言ったことなかったけど、店長がどういうつもりでこけしを置いてたのか知ってたの？」

早速《さっそく》スプーンに山盛りのカレーを載せた東宮寺が、ぱくりとそれを口に入れる。相変わらず大きな一口でカレーを咀嚼《そしゃく》し、しっかりと口の中の物を飲み込んでから首を横に振った。

「いや、こんな裏事情は知らなかったけれど、こけしを大事にしているのはわかったから。ただ、今の話を聞いてもうひとつわかったことがある。この店のターゲットは誰なんだろうとずっと思ってたんだが……」

「わかったの？　女子大生？　主婦？」

「いや、多分、困ってる人だ」

きょとんとした顔の朝彦から、その向こうに座る直文へと東宮寺は視線を移した。

「前に店長は自分を、『王様の耳はロバの耳』に出てくる葦《あし》の穴だと言ってた。子供の頃、いろいろな年代の人の相談を引き受けたそうだ。そのときの体験が店を始めるきっかけになったそうだから」

東宮寺が言う通り、母が亡くなった後、直文のもとには入れ代わり立ち代わり近所の人たちが来てくれた。その中には独り言のように直文の前で不安を吐露《とろ》する人もいれば、偶然その場に居合わせたご近所さん相手に愚痴《ぐち》めいたものをこぼす人もいた。

あの経験がなければ、普段にこにこしている大人たちが案外ディープな不安を抱えていることなど知る由《よし》もなかっただろう。

いつも溌溂《はつらつ》としているお母さんにも悩みはあるし、ちょっと怖そうなお父さんも弱っているときはある。大人になると案外友達もいなくなって、お喋りする場所が減るらしいこともわかってきた。

日々の鬱屈《うっくつ》を抱えながらも、近所の人たちは母を亡くした直文の様子をよく見にきてくれた。その優しさに応《こた》えたかった。大人になったら、こうやって一息つける場所を自分が皆に提供してあげたいと思った。

普段抱え込んでいる悩みや不満を気楽に吐き出せる場を作りたい。料理を作る気力もないくらい疲れている仕事帰りの母親を応援したい。子供が小さくてゆっくり食事ができない夫婦に気兼ねなく食事をしてほしい。家族と食事の時間が合わず淋しいサラリーマンに家庭の味を味わってほしい。

「そのための回転率を度外視した大きなテーブルだし、手の込んだお弁当だし、青年誌と絵本が並ぶ本棚なのでは？」

東宮寺にまとめられ、自分の店の話なのに、なるほど、と直文は膝を打った。

「そうか、そういうふうに伝えればよかったんですね。僕じゃ上手く説明できなくて」

さすが東宮寺さん、とのんきに笑っていたら、朝彦が静かにスプーンを置いた。直文とは打って変わり、こちらは深刻な表情だ。

「……お父さん、どうしてコンサルタント辞めちゃったの？　店長すらよくわかってないターゲットが見抜けるのに」

東宮寺は口元に運びかけていたコップを止め、「大したことじゃない」と肩を竦《すく》める。

「大したことだよ。僕はずっとこの店に通ってたけどわからなかった。ねえ、どうしてコンサル辞めたの？　僕のせい？」

真正面から切り込まれて東宮寺の目が泳ぐ。視線は朝彦をすり抜けて、その向こうに座る直文に向かった。

東宮寺の視線を受け止めた直文は、スプーンを握りしめて大きく頷く。今はきちんと答えるべきだと目顔で訴えると、東宮寺も察したように頷き返して朝彦に視線を戻した。

「コンサルを下りたのは、確かに朝彦のためだよ。お前と一緒にいる時間を増やしたかった。これはむしろ父さんの我儘《わがまま》なんだから、お前に責任は感じてほしくないな」

朝彦は東宮寺の顔を見詰めて動かない。直文の座る場所からは後ろ頭しか見えないが、身じろぎもせず父の言葉に耳を傾けている。

東宮寺は両手で緩くコップを握ると、言葉を探すように少し黙った。

「……コンサルを辞めても忙しいのは変わらないし、お前に淋しい思いをさせてるんじゃないかと思うと、そちらの方が心配だ」

「僕は淋しくない、お祖父ちゃんとお祖母ちゃんもいる」

朝彦の声には一本芯が通っている。けれどその顔を見返す東宮寺は確信の持てない表情だ。朝彦が本音を呑み込み、親の望む答えを口にしていないか案じているのだろう。

黙り込む東宮寺を見て、朝彦は焦《じ》れたように身を乗り出した。

「夏休み中、お父さんちょっとだけ会社でコンサルの仕事手伝ったでしょ？　あのときは朝早くから出かけて、帰りも遅かったけど、僕は嫌じゃなかった。もっと見てたかった」

熱のこもった声で朝彦に訴えられ、東宮寺は戸惑ったような表情を浮かべる。直文は、朝彦の背後からそっと顔を出した。

「コンサルのお仕事に戻ったんですか?」

「え、まあ、一時的な話ですが。大きなトラブルが起きて人手が足りなかったもので、部署を異動した私にも声がかかって。朝彦もちょうど夏休みだったので、少しだけ……」

ははぁ、と直文は納得ずくの溜息をついた。

「だから朝彦君、夏休みの自由研究は飲食店の実態調査にしたんですね。お父さんのお仕事の真似してみたかったんでしょ。格好よかったから」

後半はわざと声を潜《ひそ》めて朝彦に耳打ちすると、朝彦は大きく目を瞠《みは》って、鋭く直文から顔を背けた。

「別に、真似じゃないですけど! まあ、親の仕事ですし、興味はありましたから」

「それであの分厚《ぶあつ》い資料作ったんだから凄いよ。お父さん好きなんだ?」

「何恥ずかしいこと言ってるんです!」

朝彦は怒ったような顔をしてカレーを口に運ぶ。でも耳の端が赤いのは隠せない。

東宮寺はそんな朝彦をじっと見ている。息子の真意を見定めるように。

直文もカレーを食べながら、朗《ほが》らかな口調で言い添えた。

「朝彦君は、コンサルタントのお仕事をしてるお父さんに憧《あこが》れてるみたいですよ」

「別に憧れとかではないです!」

すかさず朝彦が口を挟んできて、直文は声を立てて笑う。笑いながら、こっそり東宮寺に目配せした。

きっと朝彦は仕事に没頭《ぼっとう》する父親を本心から格好いいと思っているし、それを見たいと思っている。淋しさを押し殺し、本音を曲げているわけではないだろう。

「東宮寺さんがコンサルタントに戻るなら、僕も経営方針についてご相談したいです」

東宮寺が返事をする前に、朝彦がさっと東宮寺へと目を向けた。

朝彦の顔を見返した東宮寺は開きかけていた唇を閉ざし、ごくりと何かを呑み込んだ。それから眉尻を下げ、弱ったような、それでいてまんざらでもなさそうな顔で笑う。

「戻るのは容易ではないでしょうが、そんなに期待してくれるのなら……、また少し、頑張ってみようかな」

朝彦がぎゅっとスプーンを握りしめる。

再び前を向いてカレーを食べ始めた朝彦は特になんの表情も浮かべていなかったが、明らかに食べるスピードが上がっていた。嬉しいのだろう。

見ている方までなんだか嬉しくなってしまって、直文は上機嫌で「プリンも出しましょうか」と二人に声をかけた。

直文がキッチンで食後のコーヒーを淹《い》れている間、東宮寺親子は声を潜めて難しい話をしていた。早速この店の経営状況について話し合っているらしい。父親に向かって熱弁を振るう朝彦はいつになく楽しそうだ。

二人の会話を邪魔しないよう、いつもより時間をかけて淹れたコーヒーを持っていくと、朝彦がカウンターに突っ伏していた。

「あれ、朝彦君寝ちゃったんですか？」

「ええ、一瞬目を離した隙に」

カウンターには朝彦のノートやペンケースなどが散らばっている。今日はいじめっ子と対峙《たいじ》したり走り回ったりして朝彦も疲れたのだろう。

朝彦を挟んでカウンターに腰かけた直文は、朝彦のペンケースから見慣れた紙片《しへん》が覗いているのに気づいて声を上げた。

「あ、うちのおみくじ」

コーヒーを飲んでいた東宮寺も身を乗り出して、ケースからおみくじを引き抜いた。

「『信じていれば大丈夫』……。前に私と一緒に引いたくじですか？」

「いえ、多分その後に引いたものですね。お父さんの本心がわからなくて悩んでたときに引き当てたんですよ」

大事そうにポケットにしまう姿は見たが、まだ持っていてくれたとは思わなかった。

「なんの霊験《れいげん》もない手作りのおみくじですが、少しでも心の支えになったなら嬉しいです」

直文は目を細めてコーヒーを飲む。視線を感じて横を向くと、東宮寺が目元に笑みを浮かべてこちらを見ていた。

東宮寺はいつだって穏やかに笑うが、今日は特別優しい顔をしている。一直線に見詰められると、喉元《のどもと》を押さえられたわけでもないのに息が詰まった。

動揺を隠してカップに視線を落とすと、東宮寺が愉快そうな口調で言った。

「店長、おみくじを操作しているでしょう」

直文の視線が跳ねて東宮寺へ向かう。

驚き顔の直文を見て、東宮寺は目元の笑みを深くした。

「くじ箱の色がときどき違うので、もしかして、と思ったのですが」

直文は無言で目を瞬かせる。東宮寺が言う通り、レジの後ろにはくじを入れる箱が三つあった。ピンクと水色と黄色の三色だ。

「もしかして、お客さんの会話に耳を傾けてそっとアドバイスをしてあげているんじゃないですか？『素直が一番』とか『思いは伝わる』とか、あれは私たちが喧嘩をしていると思って出してくれたのでは？」

ばれてしまっては仕方がない。直文は肩の力を抜くと、「そうです」と頷いた。

「あのときは水色の箱を出しました。人間関係で悩んでる人には水色の箱を出すようにしてます」

「朝彦の引いたこのくじも水色の箱から？」

「いえ、それはピンクの箱から。ピンクは前向きになってほしいときに出してます。黄色は疲れてそうな人に。まあ、どの箱も内容はそんなに変わらないんですけど」

せいぜい黄色い箱には『少し休んで』とか『のんびりすると吉』なんてことが書いてある程度だ。

東宮寺はくじの隅に描かれたこけしを眺めて目を細める。

「このおみくじに励《はげ》まされるお客さんは多いと思いますよ。自分の状況に合ったものが手元に来るんですから、なおさら」

「そ、そうですか?」

「ええ。下手にポイントカードを渡すよりいいですね。いいことが書いてあると雑に扱いづらいし、こうして繰り返し眺める可能性も高い。それにこけしの絵が描いてあるから、見れば一瞬でこの店を思い出します」

直文を横目で見て「策士ですね」と東宮寺が笑う。流し目が色っぽくてどきどきした。

「私に依頼するまでもなく、この店は潰《つぶ》れませんよ」

「そ、そうだといいんですけど」

「お客さんだって、一生懸命頑張っている店は応援したくなるものです。ここみたいに」

べた褒《ぼ》めされてうろたえる。しどろもどろになる直文から東宮寺は視線を逸らそうとしない。

「万が一、競合店《きょうごうてん》が近くにできたときは全力でフォローします。私もこの店がなくなっては困るんです」

「ほ、本当ですか？　もしかして、東宮寺さんもこけしの虜《とりこ》になりました？」

さすがに気恥ずかしくて茶化すような口調で応じれば、「こけしも可愛いですね」と東宮寺に目を細められた。

「こけしも料理も店の雰囲気も気に入っていますが、何より貴方に会いたいんです」

店全体を褒められたと思った直文は謙遜《けんそん》しようとして、直前で東宮寺の言葉を理解し、ぶわっと顔中を赤くした。

なんだその言い草は。まるで直文個人を気に入ってくれたようではないか。いや、相手はストレートだ。深い意味などないとわかっていても心音が狂う。

東宮寺はまだこちらを見詰めている。眼差しがいつもより甘い気がしてうろたえた。そんな目で見られたら勘違いしそうだ。

(罪深い人だなぁ……)

いつまでも東宮寺に目を向けられないまま、直文はカップの底に溜息を落とした。

コーヒーを飲み終えても朝彦が目を覚まさないので、無理に起こすことはせず東宮寺が背負って帰ることになった。

「朝彦の力になって下さって、ありがとうございます」

両手の塞《ふさ》がっている東宮寺に代わり店の扉を開けて外に出た直文は、きょとんとした顔で東宮寺を振り返る。

「あの子がどこまで本気で物を言っているのか、私だけでは判断がつきませんでした。貴方のおかげでやっと朝彦の本心が見えた気がします。本当に、ありがとうございます」

深々と直文に頭を下げ、東宮寺は自嘲気味な笑みをこぼした。

「息子の本音もわからないなんて、情けない父親ですが」

俯いた東宮寺の背後では、丸みを帯びた月が輝いていた。静かな夜で、スーツを着た東宮寺の肩口から朝彦の寝息が響いている。

東宮寺の背中で安穏《あんのん》と眠る朝彦を見ていたら、唐突に遠い日の記憶がよみがえった。得も言われぬ懐かしさが胸に迫《せま》り、直文は泣き笑いのような顔になる。

「東宮寺さんは、いいお父さんだと思いますよ。だって僕の父と同じことしてますから」

九月も終わりに近い夜。涼しい風が前髪を揺らし、直文は爪の先で額を掻いた。

「母の葬儀で、父もそうやって弔問客《ちょうもんきゃく》に頭を下げてました。葬儀に疲れて眠ってしまった僕を背負って」

東宮寺の背中で眠る朝彦を見て、思い出したのは線香の匂いが染みついた父の喪服《もふく》だ。

口下手だった父親が、あの日だけは弔問客ひとりひとりに声をかけていた。『どうか息子をよろしくお願いいたします』『男手ひとつでは至らぬ点も多々あるかと思います』『地域の皆様が見守ってやってください』と。

無口な父親とは反対に、母は明るく活発な人だった。町内会の行事にも積極的に参加していたので弔問客には近所の人も多く、涙ながらに父の肩を叩く人もたくさんいた。

「父がそうやって声をかけてくれたから、近所の人も代わる代わる家に遊びに来てくれたんだと思います。でなければ、こけしを家の前に並べたくらいで引きも切らずにご近所さんがお茶飲みになんて来ませんよ」

子供の頃は、皆こけしが見たくて家に来てくれるのだと本気で思っていた。父が撒《ま》いた種に気づいたのは大人になってからだ。

多分、そういうものなのだ。大人と子供は目線が違う。親の思いに気づくのは、自分の背丈がその肩先に届いたときなのだろう。

直文の言葉に耳を傾け、東宮寺はゆっくりと目元を和《やわ》らげる。

「いいお父様ですね」

「はい、自慢の父です。東宮寺さんだって僕の父と同じことをしてるんですから、朝彦君の自慢のお父さんだと思いますよ」

息子のためにどう行動するのが正しいのか、悩んで迷って考えている。そのために自分よりずっと年下の直文にさえ頭を下げるのだから。

東宮寺は朝彦の寝顔を振り返り、「だといいのですが」と自信なさげに呟く。

「大丈夫ですよ。僕は親になったことがないのでわかりませんが、子供の目線はまだ忘れてません！　東宮寺さんみたいな人がお父さんだったら嬉しいです」

「……貴方が言うと、そうなのかな、と思えるから不思議ですね」

苦笑めいたものを漏らし、東宮寺は表情を改める。まっすぐに直文を見ると、瞳を揺らさず言い切った。

「私も朝彦も、貴方に会えてよかった」

耳の底を震わせるような低い声にどきりとした。褒め過ぎだと笑ってやり過ごそうとしたのに、東宮寺がひたむきにこちらを見詰めてくるので茶化せない。

うろたえる直文を見て、東宮寺は緩やかに口元をほころばせる。

「今日はすっかりお邪魔してしまってすみません。お店も休みだったのに」

「い、いえ、僕こそ、引き留めてしまってすみませんでした」

軽い会釈《えしゃく》と共にその場を去ろうとした東宮寺だが、ふと思いついた顔で再び直文に近づいてきた。

「申し訳ないのですが、ジャケットに家の鍵が入っていまして……、ちょっと取ってもらえませんか？」

背中に朝彦を背負い、片腕にランドセルをかけた東宮寺は「この通り両手が塞がってしまって」と弱り顔で笑う。

快諾《かいだく》してジャケットのポケットに手を入れれば、固い金属が指先に触れた。これかな、と思ったとき、直文のつむじに何かが触れた。

柔らかく触れてすぐ離れたそれに驚いて動きが止まる。ぎくしゃくと顔を上げると、想定よりずっと近くに東宮寺の端麗《たんれい》な顔があった。

「鍵、ありましたか？」

東宮寺が甘やかに微笑む。直文はその場から飛びのいて、目一杯腕を伸ばすと東宮寺に鍵を差し出した。

「こ、これですよね！」

「はい、ありがとうございます」

東宮寺は一瞬だけ片腕を伸ばして鍵を受け取ると、再び朝彦を背負い直す。

「それでは、カレーごちそうさまでした。美味しかったです。お休みなさい」

「お、お休みなさい……」

掠《かす》れた声で返して東宮寺親子を見送る。

その姿が曲がり角の向こうに消えてしまうと、直文は勢いよく自身の頭に手を乗せた。

（えっ、今の何⁉）

つむじに触れたあの柔らかな感触はなんだろう。木の葉が落ちてきた、という感じではなかった。髪に何かが触れただけでなく、ふっと地肌を吐息が撫でたような。

（まさか、キスされたとか……）

東宮寺は両手が塞がっていたし、触れたとしたら唇で、と考えるのが妥当だ。しかしつむじにキスをされる理由が思いつかない。

店に入ることも忘れ、直文は風見鶏《かざみどり》のように右を向いたり左を向いたりする。

なぜキスをされたのだろう。そもそも本当にキスなのか。単なる別れの挨拶、だとしたら、直文に気づかれぬようこっそり唇を寄せる意味がわからない。

思えば前回の別れ際も東宮寺は指先にキスをしてきた。あの理由も不明のままだ。何か特別な意味でもあるのか。期待してしまいそうになって直文はその場でジャンプする。

（そんなわけないだろ！　相手は子持ちだぞ、奥さんいたんだぞ、ストレートなんだぞ！）

同性の自分を振り返ってくれるはずがない。だから出会って早々にファンでいようと決めたのだ。想いに応《こた》えてほしいなんて本気で切望してしまわぬように。

（あくまでファンなんだから、本気で好きになっちゃダメなんだぞ……！）

両手で拳を作って自分に言い聞かせる。けれど握った指先は早々に緩み、直文はその手で力なく顔を覆《おお》った。

もう、手遅れかもしれないことは、直文本人が一番よくわかっていたからだ。

春先に新装開店した目新しさもなくなって客足が落ちてきた喫茶ＫＯＫＥＳＨＩだが、十月に入るとまた少しずつ客が増えてきた。これまでは一見《いちげん》の客が多かったが、再来店してくれる客がちらほら現れ始めたのである。

昼時は平日でも満席近くなり、さすがにキッチンも慌ただしい。料理を出すのが遅れてしまうこともあるが、今のところ苦情を言ってくる客はいない。直文《なおふみ》がひとりで店を回しているのが客席からもわかるからだろう。

店の給仕がのんびりしているので、短い昼休みにやって来るサラリーマンは弁当を買っていくことが多い。そういうとき直文は、ひとり暮らしの息子を心配する母親のごとく弁当におかずを詰め込み、蓋《ふた》が閉まらないと輪ゴムで無理やり押さえて渡した。値段以上のボリュームのおかげか、毎日のように弁当を買いにきてくれる客も出てきた。

さらに東宮寺《とうぐうじ》親子の助言に従い、店の前にブラックボードを置くようにした。毎朝ランチの内容をボードに書いて、午後になると定食の内容に書き変える。

一度、ランチに鰤《ぶり》の照り焼きを出したとき、余ったスペースに『今日は鰤の照り焼きを少し焦《こ》がしました。焦がした分はお弁当に入れたので本日のお弁当は五十円引きです！』と書いたら朝彦《あさひこ》に怒られた。

「この程度の焦げで値引きする必要なんてない！　それに焦がしたなんて書いたら料理の腕を疑われますよ！」などともっともなことを言われて反省したが、たまたまその場に居合わせた東宮寺が「こういう店長だからリピーターがつくんだよ」とフォローしてくれてちょっと嬉しかった。

機能や品質面で大差のない食品や飲食店が増えた昨今《さっこん》、他との差別化を図《はか》るのは難しい。そのため、経営者の為人《ひととなり》というのはかなり重要な要素になるらしい。

「この人このままでいいの？」とずけずけ尋ねる朝彦に、東宮寺は目を細めて頷いた。

「陰日向《かげひなた》なく頑張っている人は応援したくなるものだからね。店長を応援しているつもりが応援されて、皆またここに来たくなる」

これはちょっとどころではなく嬉しくて、まともに東宮寺の顔を見返せず俯《うつむ》いたまま礼を言った。

朝彦はこれまで通り学校帰りに店に顔を出すが、最近はその頻度《ひんど》が減ってきた。なんでも、以前キーホルダーの件で悶着《もんちゃく》を起こしたクラスメイトと友達になったらしい。「宿題を見てやらないといけないんですよ」と面倒臭そうな顔で言っていたが、仲良くなれたのなら何よりだ。

反対に、最近は東宮寺の来店回数が増えた。週末は毎週のように朝彦と店に来てくれる。

東宮寺のファンである直文は嬉しい気持ちと苦しい気持ちが半々で、最近は東宮寺の顔が直視できない。ファンなら「今日も顔が見られた！」と無邪気に喜べるはずなのに。

キッチンの隅で溜息をついて、日増しに募《つの》る恋心をやり過ごしていた直文だが、今日は更なる悩みの種を抱える羽目になってしまった。

「これ、どうしよう……」

閉店後の店内で、直文はカウンター席に腰かけて溜息をつく。その手にあるのは保険会社の名前が印刷された名刺だ。

新たに保険に入るべきか悩んでいる、というわけではない。名刺をくれた女性から見合いを持ちかけられたのである。しかも声がかかったのは直文でなく、東宮寺だから複雑だ。

事の発端《ほったん》は今日の午後、店の常連になりつつある女性に声をかけられた。

「ねえ店長、この店にたまに来る、背の高い男の人いるでしょう？　お子さんを連れてる、イケメンの」

一瞬東宮寺の顔がちらついたが、客の個人情報はおいそれと口にできない。明確な回答を避けたが女性は構わず「あの人もしかしてシングルファザー？」と身を乗り出した。

女性は保険の外交員で、この道三十年のプロだという。

「昔は保険の外交員なんて、保険を売るより見合いの斡旋《あっせん》をする方が多かったのよ。そのつてで今も時々頼まれるの。このご時世でもまだまだお見合いの力は大きいんだから」

結婚率が下がってきた今だからこそ、お節介《せっかい》なくらい世話を焼く人間がいた方がいいのだと女性は胸を張る。

「あの人いつ見ても息子さんと二人じゃない？　もしかして奥さんいないんじゃないの？　母親はいた方がいいと思うのよね。息子さんだって淋しいでしょうし」

まくし立てられ口を挟むこともできないうちに、女性から名刺を押しつけられた。

「実はこの前ここにお客様を連れてきたんだけど、そのお客様があの男の人に一目惚れしたっていうのよ」

「えっ！」

「えっ！　て感じでしょ？　なんだか運命みたいで、ついお手伝いしたくなっちゃって。もし興味があるなら連絡くれるように言ってちょうだい」

言い残し、女性は店を出て行ってしまった。

そんなわけで、直文は閉店後に名刺を眺めて溜息をついている。受け取った以上渡さなければいけないのだろうが気が重い。

何度目かの溜息をついたとき、誰かが控えめに店の扉を叩いた。

既に営業時間は過ぎているが、店の灯《あか》りがついているのでまだ開いていると勘違いされたのだろうか。名刺をエプロンのポケットにしまって外に出た直文は、そこに東宮寺の姿を見つけて目を見開いた。

「すみません、閉店後に」

仕事帰りなのか、スーツを着た東宮寺がぺこりと頭を下げる。直文は慌ててドアを開けると東宮寺を店の中に招き入れた。

「どうしたんですか、こんな時間に」

東宮寺なら店の営業時間など承知しているだろうに。戸惑う直文に、東宮寺は紙袋を掲《かか》げてみせる。

「出張先でこんなものを見つけまして」

受け取った袋は軽い。中を覗くと長方形の物体が梱包《こんぽう》シートに包まれていた。開けていいのか目顔で問うと、どうぞ、というように頷かれる。

直文は近くのテーブルに袋を置いて中身を出す。梱包シートの向こうにうっすらと透けて見えたのは木肌の色と朱色の模様だ。まさか、と逸《はや》る気持ちを抑えてシートをはがした直文は、わっと歓声を上げた。

「こけしだ！　これは、蔵王《ざおう》系ですね！」

「さすが。正解です」

「山形に行かれたんですか？　うわぁ、素敵だ！　僕、この桜崩《さくらくず》しが好きで」

「桜崩し？」

「胴《どう》の柄のことです。この花、赤いけど桜なんです。風に吹かれて花が横に流れてるみたいでしょう？　これが桜崩し。山形系のこけしはもっと整然と花模様が並んでいて……」

こけしとなると直文は目の色が変わる。いつものように滔々《とうとう》と解説をしていたが、鼻先を過《よぎ》った香水の匂いで現実に引き戻されて顔を上げた。

話に夢中になるあまり、いつの間にか東宮寺と体を密着させていた。互いの腕を押しつけ合う距離で、身を屈《かが》めてこけしを覗き込んでいた東宮寺がこちらを向く。

「どうぞ、続けて下さい」

突如始まったこけし話に辟易《へきえき》するどころか、楽しげに笑って東宮寺は先を促《うなが》す。再び香水の香りが鼻先を掠《かす》め、互いの近さを実感した直文は慌てて半歩下がる。

「いやまあ、いろいろ特徴はあるんですけど、それよりこれ、出張先で買ったんですか？」

「ええ、店長へのお土産に」

「僕に？」と直文は目を瞠《みは》る。

「ご迷惑でなければ。こけしを見たら、貴方の顔を思い出してしまって」

東宮寺は目を伏せて照れくさそうに笑う。飾りのない表情に胸が高鳴った。美形はどんな顔を作っても様になるから憎い。

直文は赤くなった顔を隠すように俯いて、両手でこけしを握りしめた。

「う、嬉しいです……ありがとうございます」

声が震えてしまいそうになった。こんなの嬉しいに決まっている。

好きな人が、自分のいない場所で自分のことを思い出してくれた。こちらの喜ぶ顔を想像して、行動に移してくれたのが震えるほど嬉しい。

受け取ったこけしは直文の手を縦に二つ並べてもまだ余るくらい背が高い。すっきりとした二重《ふたえ》に筋の通った鼻はかなりの美形で、東宮寺本人の顔面偏差値を反映しているようだった。

胴が太くて重量感があるのも、上背《うわぜい》のある東宮寺を彷彿《ほうふつ》とさせる。

「これ、東宮寺さんに似てますね」

直文の言葉を受け、東宮寺が意表を衝《つ》かれた顔でこけしの顔を覗き込む。

「こけしは女の子なのでは？」

「そうですけど、目元がすっきりしてるところとか、鼻筋の通ってるところが」

ごく自然に距離を詰めてきた東宮寺にまたぞろ胸を騒がせつつ、直文は東宮寺にも見えるようこけしを差し出した。

「似てますか？」

「似てますよ。目元が優しそうなところも」

東宮寺が身を屈め、額にさらりと前髪が落ちる。端整な横顔に目を奪われていたら、ふいに東宮寺が視線だけこちらに寄越した。

「こけしの顔はシンプルなだけに、誰かと重ねやすいところはあるかもしれませんね」

切れ長の目に射すくめられて動けない。息を呑んだ直文に気づいているのか、東宮寺はゆっくりと瞬《まばた》きをすると目元を緩めた。

「レジ横に置いてあるこけしは、貴方に似てる」

東宮寺は普通に喋《しゃべ》っているだけなのに、滴《したた》る色気にやられそうだ。長い睫毛《まつげ》がゆっくりと上下するその瞬間すら見逃したくなくて、直文は東宮寺を見詰めたまま口を開く。

「……あれは、弥次郎《やじろう》系のこけしです」

「目がぱっちりして、頬に赤く色がついているのが可愛いですね」

そうですね、と頷く間も東宮寺から目を逸《そ》らせない。なんだか顔が近づいてきたような気がするが、錯覚だろうか。

こうして間近で見ても、東宮寺の顔はほぼ左右対称で狂いがない。人工の造形物を見ている気分だ。神様は常にこれくらいの熱量を持って人間を作ってくれよと思う。

圧巻の美貌に見惚れていたら、長い睫毛に縁《ふち》どられた東宮寺の目が一層《いっそう》緩んだ。

「可愛い」

そんなに可愛いを連呼するなんて、よほど弥次郎系を気に入ってくれたのか。嬉しくなってほころんだ唇に、ふっと吐息がかかった。

気がつけば、互いの顔が鼻先数センチのところまで近づいていた。我に返った直文は限界まで上体を仰《の》け反《ぞ》らせ、そのまま後ろに倒れそうになって東宮寺に腕を摑まれる。

「大丈夫ですか！」

「だ、大丈夫です！　すみません、僕……っ、こけしに夢中になるあまりちょっと意識が飛んでいて！」

本当はこけしではなく東宮寺の顔に夢中になっていたことはこの際脇に置く。東宮寺は直文のこけし好きには慣れっこらしく、小さく苦笑しただけだった。

直文は心臓の上に手を置いて、煩《うるさ》いくらいに暴れる鼓動を必死で宥《なだ》めた。横目で東宮寺を見ると柔らかな微笑が返ってきて、その場にうずくまりそうになる。格好いい。その上優しい。心臓ごと持っていかれそうだ。

（こんなのもう恋じゃないか……！）

ファンという言葉で自分をごまかすのも限界だ。これ以上そばにいたらもっと東宮寺を好きになってしまう。振り返ってくれるはずもないのにと思ったら、鼻の奥がつんと痛くなった。

「……店長？　どうかしましたか？」

異変に気づいた東宮寺が直文の背に手を置いた。それだけで息が詰まる。布越しに感じる東宮寺の手は温かい。でも、「店長」と他人行儀に呼ばれて少し冷静になれた。

自分と東宮寺は、所詮《しょせん》店員と客の関係だ。これ以上距離が近づくことはないのだと思い知らされた気分で、直文は素早く気持ちを切り替えた。

「あの、僕も、東宮寺さんに渡すものがあったんです」

直文はエプロンのポケットから名刺を取り出すと東宮寺に差し出した。

「その方、保険の外交員さんで、お仕事の傍らお見合いなんかもお世話してるみたいなんです。それで、東宮寺さんにもお見合いを持ちかけてくれてですね……」

「私にですか？」

面食らった顔をする東宮寺に、直文は順を追って丁寧に事情を説明した。

東宮寺は名刺を片手に持ったまま、黙って直文の話を聞く。最初こそ驚いた顔をしていたものの、話が終わる頃には感情の読み取りにくい無表情になっていた。

「あの、興味があったら連絡が欲しいとのことだったので、無理にってわけでは……」

この期《ご》に及んで断る余地を残そうとする自分は姑息《こそく》だ。自分自身に辟易《へきえき》していたら、東宮寺が静かに口を開いた。

「貴方は、どう思いますか？　お見合いをした方がいいと思いますか？」

思いません、と言いそうになって唇を引き結ぶ。声に余計な感情がこもらぬよう、腹に力を入れてから口を開いた。

「もし、東宮寺さんに再婚する気持ちがあるのなら、会ってみるのもいいと思います。こういうのは、ご縁ですから……」

「私自身は、再婚なんて考えたことがなかったのですが」

「でも、朝彦君はもしかするとお母さんが欲しいかもしれません。一度朝彦君とも相談してみてはどうでしょう……？」

朝彦の名前を出すと東宮寺の表情が変わった。心が揺れたのがわかって、直文は天を仰《あお》いでしまいそうになる。なんだって自分は片想いの相手に見合いを勧めているのだろう。

東宮寺は手の中の名刺に視線を落とし、「そうですか」と呟いた。唇に笑みが乗ったものの、あまり嬉しそうに見えなかったのは錯覚だろうか。

東宮寺は店の時計を見上げると、名刺を胸のポケットにしまう。

「わかりました。……すみません、営業時間外にお邪魔してしまって」

「い、いえ、こちらこそ、お土産ありがとうございます。嬉しかったです。あ、早速レジ横に飾っておきますね！　招き猫みたいにお客さんを呼んでくれるかもしれませんし」

気落ちしているのを悟《さと》られぬよう、直文は明るく笑って東宮寺からもらったこけしをレジ横に置く。以前、東宮寺が直文に似ていると言ってくれた弥次郎系のこけしの隣だ。小振りな弥次郎こけしと背の高い蔵王こけしは、現実の二人と同じくらいの身長差がある。

「これ、本当に僕たちに似てません？」

振り返った直文は、思ったより近くに東宮寺が立っていたことに驚いて言葉を切った。

東宮寺は直文の真横に立ち、軽く身を屈めてこけしを眺める。

「こけしを招き猫代わりにしなくても、この店にはちゃんとお客さんが来ますよ。もう、私たち親子がコンサルタントの真似事なんてする必要もないでしょう」

東宮寺の声はいつになく低い。とっさに横を向くと東宮寺もこちらを見ていて、同じ高さで視線が交わった。

東宮寺は密《ひそ》やかに笑うと、それでは、と告げて店から出て行こうとする。

「あ、あの！　店の経営が安定しても、また来てくださいね。お客さんとして」

すでに身を翻《ひるがえ》しかけていた東宮寺は足を止め、言葉もなくにっこりと笑った。

笑顔だが、肯定《こうてい》の返事がなかったことに胸がざわつく。東宮寺はこのまま店に来なくなるのではないか。そんな不安が胸を過《よぎ》った。

「あの、お見合いの話とか、迷惑だったのなら、ごめんなさい……。こういうお話はもう、お受けしないようにしますので」

プライベートに踏み込み過ぎたのを不快に思われたのではと深く頭を下げたが、東宮寺は「構いませんよ」と鷹揚《おうよう》に笑う。でも、と続けようとすると、東宮寺の目がレジに向かった。

「本当に構わないのですが、お詫《わ》びというならおみくじを引かせてもらえませんか？　食事もしていないのに厚かましいのですが」

「いいえ、こんなおみくじでよければ」

「できればピンクの箱でお願いします」

ピンクの箱は前向きになってほしい人に渡す箱だ。東宮寺は今、前向きになろうとしているということだろうか。

（再婚に対して……？）

レジの裏に回る足がもつれる。東宮寺の背中を押したいような、袖《そで》を引いて引き留めたいような、自分でも気持ちが定まらない。

東宮寺は差し出された箱に手を入れると、窮屈《きゅうくつ》そうに指先をすぼめておみくじを取った。手の中でくじを広げ、随分長いこと紙面を見詰めてから口元を緩める。

何が書いてあったのだろう。気になったが、東宮寺は丁寧にくじを畳《たた》むとジャケットの胸ポケットにしまってしまう。

礼を述べ、東宮寺は控えめに笑って店を出ていく。別れの言葉も上手く口にできないまま、直文も外まで東宮寺を見送った。

直文は熱心に視線を送り続けたが、曲がり角の向こうに消えるまで、東宮寺は一度もこちらを振り返ろうとしなかった。


その日を境に、東宮寺が店に顔を出さなくなった。

朝彦は相変わらず学校帰りに寄ってくれるが、東宮寺が迎えに来ることもなければ、休日に親子で来店してくれることもない。

やはり見合いの話など持ち掛けたのが悪かったのか。直文だって行きつけの店の店員から急にそんな話を振られたら足が遠のく。冷静に考えればすぐわかることだ。

多分、見合いを持ちかけられたのが東宮寺でなければ、その場で話は断った。僕から言うことではないので直接本人に声をかけてみてください、とかなんとか言えたはずだ。

けれど相手は東宮寺で、直文の片想いの相手で、ここで断ったら自分の恋心を認めてしまうことになるんじゃないかと妙に意識して断りきれなかった。

東宮寺が店に来ないまま、暦《こよみ》は十月の半ばを過ぎる。

閉店時間を迎え、最後の客を見送るため外に出た直文は首を竦《すく》める。夜になるともうすっかり風が冷たい。外に出たついでにシャッターを閉めようとしたら、夜道の向こうから小さな足音が近づいてきた。

音のする方に顔を向けた直文は目を瞠《みは》る。ウィンドブレーカーのポケットに両手を突っ込んで夜道を悠々と歩いてきたのは朝彦だ。声をかけると、どうも、と会釈《えしゃく》を返された。

「朝彦君？　こんな時間にひとり？」

「ええ、祖母の家に行く途中です。一杯頂けます？　飲んだらすぐ出ますから」

「いいけど、なんか飲み屋みたいだね」

苦笑しながら朝彦を閉店後の店に招き入れる。最早《もはや》定位置となっているカウンター席に腰を下ろした朝彦は、アイスティーを注文するなりぽつりと言った。

「暗いですね」

「え、そう？　蛍光灯《けいこうとう》切れてた？」

「そういうわけではなく……」

珍しく言葉を濁《にご》された。どうしたのかとカウンターから首を伸ばすと、朝彦がじっとレジ横のこけしを見ている。並んでいるのは東宮寺からもらったこけしと、直文に似ていると言われた弥次郎系のこけしだ。

「そのこけし、朝彦君のお父さんからもらったんだよ。大きい方。出張のお土産にって」

「出張？　父がそう言ったんですか？」

へぇ、と朝彦は含みのある表情で呟く。けれど直文はそれに気づかず、アイスティーを朝彦の前に置くとそわそわとその隣に腰を下ろした。

「ところでさ、最近お父さん、お店に来ないけど、お仕事が忙しいとか……？」

ストローに口をつけた朝彦が横目でこちらを見る。子供ながら朝彦の視線は鋭い。本心を見透かされそうで笑顔が引《ひ》き攣《つ》った。

「お父さん、何か言ってた……？」

「何かとは？」

お見合いのこと、と言いたいところだが、東宮寺はまだ朝彦に見合いの話をしていないかもしれない。どう探りを入れればいいかわからず、直文は口ごもって視線を落とした。

コップの中で氷がぶつかり合う音がして、朝彦が深々とした溜息をつく。

「そんなに父のことが気になるなら、本人に聞けばいいじゃないですか」

「でも、最近お店で会えないし……」

「父から名刺をもらってるでしょう。店に来てほしいなら僕に言伝《ことづて》を頼むことだってできたはずです。それをひとりでうじうじと」

呆れたような口調で言って、朝彦は真正面から直文を睨んだ。

「貴方《あなた》、父が好きなんですね」

「え」

「なのに見合いの話を勧めるなんてどういうつもりです」

「お、お見合いの話、知ってるの？」

「父に相談されました。僕は今更他人を母と呼ぶ気はありませんが、父がパートナーを必要とするなら見合いでも再婚でもすればいいとは言っておきましたよ」

「ま、待って待って！」

小学生らしからぬドライな発言に気を取られて色々聞き洩らしかけたが、最初の言葉は聞き捨てならない。

「あの、僕は確かに、君のお父さんのことが、その……好きだけど」

「貴方が父のパートナーになってくれても僕は構いませんよ」

あっさりと言い渡されて息を呑んだ。

朝彦は正しく『好き』の意味を理解している。それもこんな平然とした顔で。

「でもっ、ぼ、僕も、君のお父さんも、お、お、男同士だけど……っ！」

「LGBTの知識は一通り学びました」

「今時の小学校ってそんなことまで教えてくれるの⁉」

「違います。会社の資料です。父の会社はその辺りの制度が手厚いので、総務部で使うプレゼンの資料作りに協力したんですよ。小学生に理解できる資料なら、頭の固い重役たちもさすがにわかるだろう、と父が」

「い、意外と辛辣《しんらつ》……」

朝彦はもう一口アイスティーを飲み「僕なりに理解しているつもりです」とつけ加える。その横顔がかつてなく大人びて見えて、直文も姿勢を正した。

「あの、だとしても僕は、東宮寺さんに何か言うつもりは……」

「暗いんですよ」

話の途中だったのに、朝彦は乱暴に直文の言葉を遮って店内を見回した。

「掃除は行き届いているし、照明が古くなったわけでもないのに、最近店が暗いんです」

「そう……かな？　なんでだろう？」

「貴方が暗いからです」

天井を見上げていた直文は目をぱちくりさせて視線を下げる。朝彦はストローの端を噛み、わからないのか、と言いたげに眉を上げた。

「父がこの店に来なくなってから、貴方は目に見えて元気がなくなった。いつも疲れたような顔してますよ。気がつくと思い詰めた顔でこけしを見ているし」

「そ、そうだった？」

「常連客がなんて言ってるか知ってますか。店長は借金で首が回らなくてそろそろ失踪するかもしれない、と」

「そんなこと言われてるの⁉」

「客のお喋《しゃべ》りに耳を傾けられないくらい注意力が散漫になってる証拠です」

言われてみれば、ここのところ東宮寺のことで頭が一杯で接客が疎《おろそ》かになっていたかもしれない。もう見合い相手に会っただろうかと思うと溜息が出るし、あれが原因で東宮寺に嫌われてしまったかもしれないと思うと気がふさいだ。

「まさか、売り上げも落ちてませんか？」

とっさに朝彦から目を逸《そ》らしてしまった。どんぶり会計なので月末にならないときちんとした収支はわからないが、なんとなく客足が遠のいている気はする。

「経営に悪影響があるとなれば、コンサルタント志望としては黙っていられませんね」

「何か秘策でも授《さず》けてくれるの？」

軽い口調で応戦しようとしたら、朝彦から真剣な眼差しを向けられた。茶化すことを許さないその目を見て、直文も口をつぐむ。

しばらく直文を見詰めてから、朝彦はゆっくりと口を開いた。

「コンサルタントは究極、店主を応援するだけでいいと言った父の言葉を僕なりに理解したつもりです。だから僕は何もしません。ただ応援しています。貴方が動き出すのを待ってます」

言うが早いか、朝彦はズボンのポケットからノートの切れ端を取り出した。住所らしきものが書かれている。

「自宅の住所です。父はもう帰っているので、少し話をしたらどうですか。僕は祖父母の家に泊まりますのでお気遣いなく」

朝彦はあっという間にアイスティーを飲み干すと身軽に椅子から下りてしまう。そのままレジに向かうので、直文も慌てて椅子を立った。

「行っても、お父さんの邪魔にならない？」

「わかりません。父本人に聞いてください」

「え、えぇ……不安」

財布を取り出し、朝彦は小さく笑う。

「頑張っている人は応援したくなる、と父は言ってました。応援してほしかったら貴方ももう少し頑張ってください。恋愛事となると途端に動きが鈍《にぶ》くなりますね」

「……まともな恋愛経験ないからね」

子供相手に本音を漏らしてしまった。

朝彦はぱちりと目を瞬《しばたた》かせた後、なるほど、と妙に納得した顔で頷く。

「だったらひとついい情報を教えてあげます。父はここ数年、出張には行ってませんよ」

「え、でも、お土産にこけしを……」

「先々週の話ですよね？　銀座でこけしの展示販売会が行われると知ってそわそわしていたの

で、そこで買ったんじゃないですか？」

直文はきょとんとして首を傾げる。

「なんでそんな嘘つくの？」

「さあ？　貴方のためにわざわざ銀座でこけしを買ってきたなんて気恥ずかしくて言えなかったのかもしれませんね」

ヒントはここまでとばかり、朝彦は釣銭《つりせん》の出ないよう代金を置いて直文に背を向けた。

「これだけ背中を押してあげたんだから、ちゃんと動いてくださいよ」

おみくじも引かずに朝彦は店を出て行ってしまう。滞在時間はほんの十数分だ。

嵐のように去っていった朝彦の言葉を半分程度しか理解できないまま、直文はレジ横に並んだこけしを見た。

直文に似ているという弥次郎系のこけしは、黄色い着物を着てにっこりと笑っている。はずなのだが、東宮寺が店に来なくなってからというもの、落ち込んでいるのに無理やり笑顔を作っているように見え始めた。

母が亡くなったときと一緒だ。こけしに自分の心情を重ねてしまっている。

こけしがメソメソ泣いているように見えるうちは、直文も東宮寺のことを諦めきれていないのだろう。時間が経《た》てば傷心も癒《い》えるかと思ったが、こけしの表情は日増しに曇《くも》っていくばかりだ。

（だって好きなんだもんな）

さすがにここで認めないのは往生際《おうじょうぎわ》が悪い。もう随分前から、それどころか出会い頭《がしら》から、直文はずっと東宮寺に恋をしていた。

レジの横には、東宮寺の買ってくれたこけしもある。

東宮寺はこれをどんな気持ちで買ってくれたのだろう。出張土産と聞かされたときは、何かのついでに買ってくれたのだろうとしか思わなかったが、仕事帰りにわざわざ銀座で買ったとなると話が変わる。そこには最初から最後まで、直文のためにこけしを買って帰ろうという意志しかない。

（……それってつまり、どういうことだ？）

脈あり、とは思えない。相手が異性ならまだしも。

でも朝彦は意味ありげにその事実を直文に伝えてきた。まさか、と思うものの、こんなときに東宮寺が直文の指先にキスしてきたことや、つむじに唇を寄せてきたことなど思い出してしまって耳朶《じだ》が熱くなる。

まさか、と思った。でももしかしたら、針の先程の希望はあるのか。

いやもうこの際なくてもいい。あるかもしれないという期待だけで動き出さないと、この先一生動けない気がした。そうなればこけしも恋を引きずって、泣くのを堪《こら》えたような笑みを浮かべ続けてしまうだろう。

あれこれ考えるのを放棄して、朝彦からもらったメモをジーンズのポケットに捻《ね》じ込《こ》んだ。ついでに二体のこけしを手に店を出る。

（朝彦君がこれだけお膳立《ぜんだ》てしてくれたんだから！　僕から告白するなんて、きっと一生でこの一度きりだ！）

勢いをつけて直文は走り出す。大学生の頃、内定を蹴《け》って叔父の店を手伝い始めたときのように。

無茶苦茶だったけれど失敗したとは思っていない、その気持ちだけを支えにして。

朝彦のメモを頼りにやって来たのは、こけしを持って入るのは若干躊躇《ちゅうちょ》する大型マンションだった。入り口はオートロックで、エレベーターホールはホテル並みに広々としている。オートロックの前で直文はしばし逡巡《しゅんじゅん》する。まともに名乗って、東宮寺はここを開けてくれるだろうか。見合いの話を持ってきた自分を煙たく思っているかもしれないのに。

迷っていたら、エントランスの向こうから住人らしき男性がやって来た。

オートロックといえど、中から外に出る場合は普通の自動ドアと変わらない。ドアを潜《くぐ》ってきた男性は携帯電話を操作しながらちらりと直文を見たものの、何も言わずその傍《かたわ》らを通り過ぎていってしまう。

直文は開いたままのドアをしばし見詰め、それが閉まり始めたのを見て慌ててドアの隙間に身を滑り込ませた。

（は、入ってしまった……）

せっかくのオートロックなのに、住人の防犯意識が薄くて助かったような心配なような、複雑な気分でエレベーターに乗り込む。

いよいよ東宮寺の部屋の前に立ち、直文は二体のこけしを握りしめる。ここまで来たら覚悟を決めるしかない。思い切ってインターホンに指を伸ばした、そのとき。

がちゃん、と鍵の回る音がしてドアが開いた。思わず飛び退《すさ》ると、中からぬっと東宮寺が出てくる。

俯《うつむ》き気味にドアを開けた東宮寺は顔を上げ、直文を見るなり目を見開いた。

前触れもなく玄関の前に立っていた直文を見た東宮寺も驚いただろうが、その姿を目《ま》の当たりにした直文も驚いた。

残暑厳しい九月でさえジャケットとネクタイを着用していた東宮寺が、上着を脱ぎ、ネクタイもほどいて、首元のボタンをいくつか外している。着崩した格好だけでも驚いたのに、普段はかけていない眼鏡などかけているので心臓を撃ち抜かれた。その上くわえ煙草だ。オプションの多さに腰を抜かしそうになった。

目を丸くした東宮寺の手からライターが滑り落ちる。それが床に落ちる音で我に返ったのか、東宮寺はまだ火をつけていない煙草を口から離すとドアを大きく開けた。

「店長？　どうしたんです。まさか、朝彦が呼びつけたんですか？」

「い、いいえ、僕が勝手に来たんですが」

「朝彦は？」

「さっきお店で、お祖母ちゃんの家に泊まりに行くって言ってましたけど……」

「いつの間に外に……」

東宮寺は朝彦が家を出たことに気づいていなかったようで呆然とした顔だ。

「東宮寺さんは、どこかへお出かけするところだったんですか？」

見慣れぬ東宮寺の姿にそわそわしながら尋ねると、東宮寺は「煙草を買いに行こうかと……」と歯切れ悪く答え、ようやく床に落ちたライターを拾い上げた。

「でも、それは後でも構いませんから。それよりどうしたんです、急に」

「あ、僕は、少し、お話があって……」

直文は激しく目を泳がせる。眼鏡をかけた東宮寺は美貌に鋭利《えいり》さが加わったようで正視できない。口ごもっていると、東宮寺がわずかに口元を緩ませた。

「よろしければ、中へどうぞ」

中に招かれ、部屋に上がるよう促《うなが》される。玄関を開けた先には長い廊下が伸びていて、左右にいくつか扉があった。突き当たりの部屋から明かりが漏れているがリビングだろうか。

廊下を歩く東宮寺の後を直文もついていったが、廊下の途中にあるドアが薄く開いているのに気づいて歩調を緩めた。ここから強く煙草の匂いがする。

ドアの隙間からは室内が見えた。壁の両脇に背の高い本棚が並んだ部屋は書斎らしい。奥に大きな机がある。

覗き見するのは行儀がよくないとすぐ前を向こうとしたが、それより先に足が止まった。資料が積み上げられた机の上に、何やら見慣れた景色を見た気がしたからだ。

急に立ち止まった直文に気づき東宮寺も歩みを止める。直文は東宮寺を振り返らないまま、書斎を指さした。

「あれ……、うちのお店の写真ですか?」

東宮寺は一瞬不思議そうな顔をしたものの、すぐ何かに思い当たったのか、しまったと言いたげな顔になった。

「いえ、それは……」

東宮寺は眼鏡のブリッジに指を添えてしばらく言葉を探していたようだったが、上手い言い訳が思い浮かばなかったのか、最後は観念したように溜息をついた。

「どうぞ、入って下さい」

東宮寺が書斎に直文を招き入れる。

机の上に置かれた写真に写っていたのは、思った通り直文の店だ。すぐ横にノートパソコンが置かれ、周囲に分厚いファイルやプリントアウトされた資料が所狭しと並べられている。

それらの資料を眺め、直文は率直な感想を口にした。

「朝彦君が作ってた資料と似てますね」

時間帯ごとの客数の推移《すいい》や客層、注文の出た料理などが事細かに集計されている。周辺飲食店のデータも子細《しさい》に揃っており、朝彦の自由研究の資料を更に精密にした雰囲気だ。

「もしかして、これを元にして朝彦君は自由研究の資料を作ったんですか？」

「いえ……、どちらかというと、朝彦の生データを元に私が新しく資料を作ったんです」

「朝彦君に頼まれたんですか？」

資料から目を上げて尋ねると、東宮寺は居心地悪そうに後ろ首を掻《か》いた。

「頼まれたわけではないのですが……、最近、貴方の店の客足が悪くなっていると朝彦が言うもので」

えっ、と直文は目を見開く。まさかそれだけの理由でこの膨大《ぼうだい》な資料を作ったのか。

愕然《がくぜん》とする直文を見下ろし、東宮寺はきまり悪そうな笑みをこぼした。

「今は現役のコンサルでもありませんし、大した役にも立たないのですが」

「そ、そんなことないです！　でも、どうしてここまで……」

目の前に山と積まれた資料に気圧されつつも尋ねると、東宮寺が視線を下げた。

「何か口実がないと、店に顔を出せなかったんです」

東宮寺の頬に睫毛《まつげ》の影が落ちる。

悄然《しょうぜん》としたその顔を見て、思うより先に直文は一歩足を踏み出していた。

「僕、来てくださいって言ったじゃないですか……。これからも、お客さんとしてって」

期せずして声が震えた。久々に東宮寺の顔を見てしまったらもう感情を殺せない。

この半月、東宮寺が店に来なくてどれほど気がふさいだかしれない。見合いの話なんて持ちかけて嫌がられたのか、それともまさか、こちらの恋心がばれて避けられているのか。わからなくて不安になった。顔が見られなくて淋しかった。

こけしを眺めて「可愛い」と笑う、あの顔に焦《こ》がれて仕方がなかった。それこそ仕事が手につかなくなってしまうくらいに。

「手ぶらで構いませんから、これからもお店に来てください……！」

直文は切々と訴える。こんなに必死になったら想いがばれてしまうと危惧《きぐ》する余裕もなかった。

東宮寺は直文を見下ろし、困ったような顔で言った。

「私は振られたのに？」

およそ東宮寺に似合わぬセリフが出てきて目を丸くする。東宮寺が店に来なかったことと誰かに振られたことが結びつかない。

沈黙することしばし。ようやく点と点が線で繋がり、直文は声を大きくした。

「お見合い上手くいかなかったんですか⁉」

それで話を持ち掛けた直文とも顔を合わせづらかったということか。合点《がてん》して、直文は更に一歩東宮寺に近づいた。

「気に病《や》むことないですよ！　東宮寺さんを振るなんて相手に見る目がなかったんです！　すぐにいい人見つかります！」

互いの爪先が触れ合う距離まで踏み込んできた直文に圧倒されたのか、東宮寺がわずかに上体を後ろに反らせた。

「いえ、見合いはこちらからお断りしました。朝彦も興味がなさそうでしたし」

「受けなかったんですか？」

「他に好きな人がいるもので」

直文は勢い込んで口を開けたものの、声が出ない。肺から喉《のど》に溜まっていた空気が瞬間凍結してしまったようで、息すら止まった。

東宮寺には、好きな相手がいる。

告白前から見事玉砕《ぎょくさい》してしまった。

絶句する直文の前で、東宮寺は何か考え込むような顔をして口元を手で覆う。

「一度は振られてしまったのですが……、貴方に励ましてもらえるなら、もう少し頑張ってみます」

東宮寺は口元を手で隠してひとつ深呼吸すると、熱っぽい目でこちらを見た。

「気休めでも構いませんから、上手くいく、と言ってもらえませんか?」

どきん、と心臓が大きく脈打つ。初めて見る東宮寺の顔だ。穏やかな父親の顔とも、落ち着いた社会人の顔とも違う、恋をしている男の人の顔だった。

直文は大きく頷いて口を開く。喉の奥からヒューヒューと不穏な音が漏れてくるのは無視して、東宮寺の顔を見上げて言い切った。

「上手くいきます……っ!」

応援しなければ、と思った。

東宮寺が新たな一歩を踏み出そうとしている。その背中を押さなくては。たとえそれが自分と東宮寺を引き離す道であっても、袖《そで》を引いて引き留めるわけにはいかない。

そんな決心とは裏腹にじわりと目の奥が熱くなって、直文は俯いて口早にまくしたてた。

「東宮寺さんなら大丈夫です! 僕、お、応援、してます……っ!」

頑張って、と言いたかったのに、ぐぅっと喉の奥から空気の塊《かたまり》がせり上がってきて言えなかった。せめて泣いているのがばれないよう必死で呼吸を整えてみたが、当然異変は隠せない。うろたえたような気配を見せた東宮寺が、肩にそっと手を置いてくる。

「……泣いてるんですか?」

返事を待たず、目の下に溜まっていた涙が床に落ちた。こんなのもう恋心を白状したも同然だ。言い訳も思いつかず、直文は泣き顔に不器用な笑みを浮かべた。

「……僕も、振られてしまったので」

涙声で呟き、直文は両手に持っていたこけしを顔の前に並べて立てた。

「と、東宮寺さんがお店に来なくなってから、僕に似てるこのこけしが、泣いているように、見えてしまって」

小さくしゃくり上げ、直文は続ける。

「……東宮寺さんにお見合いを勧めておきながら、ずっと後悔してました。東宮寺さんが、男性なんて恋愛の対象にしてないのはわかってるんですが、でも僕は、好きで……」

東宮寺の手がぴくりと動く。緊張したようにも驚いたようにも取れるが、ぱっと手を離されなかっただけで直文には十分だった。

直文は東宮寺から一歩下がると、二体のこけしの間から涙目を覗かせて笑った。

「言わないままだと、いつまでもこけしの表情が晴れない気がして……。すみません、こんな理由で、変なこと言って……」

忘れて下さい、と言い足してこけしの裏に隠れようとすると、東宮寺が弥次郎系のこけしに手を伸ばしてきた。

片手は直文の肩に置いたまま、もう一方の手でこけしをそっと引き上げる。

不意打ちにあっさりこけしを取り上げられてしまった直文は、残ったこけしで顔を隠そうとするがさすがに幅が足りない。顔の前でこけしを握りしめるだけになってしまう。

「このこけしが、泣いているんですか？」

東宮寺は身を屈《かが》め、弥次郎系のこけしを直文に向け囁いた。涙目で頷く直文を見詰め、きゅっと目を細めるとこけしの頭にキスをする。

「ひぇ……っ⁉」

こけし相手とはいえ、目の前でキスシーンを見せつけられて心臓が飛び上がった。大げさな反応にくすりと笑い、東宮寺がこちらを見る。

「こけしは泣きやみましたか？」

低い囁きに背筋が震えた。戸惑って黙り込めば、見る間に東宮寺の顔が近づいてきて息を呑む。互いの鼻先が触れ、とっさに手にしたこけしでガードした。

互いを遮《さえぎ》るこけしが自分の贈ったものだと気づいたのか、東宮寺が口元を緩ませる。

「貴方は泣きやんでいないようですね」

こけしを持つ指先に吐息がかかってくすぐったい。思う間もなく人差し指に東宮寺の唇が押しつけられた。途端に指先の拍動が鮮明になって、直文は力一杯こけしを握りしめる。

心臓が高鳴り過ぎて、脈に合わせて体が揺れた。一体どういうつもりだろう。東宮寺はストレートなのに、同性相手にこんなことをして嫌ではないのだろうか。

疑問を口にすることもできずひたすら東宮寺を凝視《ぎょうし》していると、気づいた東宮寺が眉尻を下げて笑った。

「以前もこうして指にキスをしたでしょう」

「さ……され、ました」

「髪にキスをしたことも」

あった。別れ際に、一瞬のことだったので確信は持てなかったが、やはりあれはキスをされていたのだ。なんで、と掠《かす》れた声で尋ねると、東宮寺は急に沈痛な面持ちになって目を閉じてしまった。

「……自分なりに、わかりやすくアプローチしていたつもりだったのですが」

瞼《まぶた》を閉じた東宮寺の顔は彫刻のように整っており、見惚《みと》れて言葉の意味を呑み込み損ねた。一瞬の隙に、顔の前に立てていたこけしを退《しりぞ》けられる。互いを隔《へだ》てるものが消え、目を開けた東宮寺の顔が間近に迫った。

「……っ！」

唇にキスをされ、直文は驚きのあまり唇を引き結んだ。キスを拒絶するような反応になってしまったが、東宮寺は構わず互いの唇を擦り合わせ、直文の下唇を軽く食《は》む。舌先でちらりと舐《な》められて背筋が震えた。鼻を塞《ふさ》がれたわけでもないのに息ができない。

直文と唇を触れ合わせたまま、東宮寺がひそやかに囁く。

「口を開けて」

熱を帯びた声にうっかり従ってしまいそうになったが、寸前で直文は首を横に振った。

肩に置かれていた東宮寺の手が移動して、直文の腰に回される。抱き寄せられて、首筋に東宮寺が顔を埋《う》めてきた。

「……駄目？」

直文は心の中で悲鳴を上げる。甘えた声に陥落《かんらく》しそうになった。

店に来るときは人当たりのいい父親然としていたくせに、プライベートの東宮寺は悪魔のように魅力的だ。流されそうだし、流されたい。

こうなるともう胸の前で握り締めているこけしだけが寄る辺《よべ》で、直文は必死で両手に力を込めた。

「だ、駄目、です」

「好きだと言ってくれたのに？」

「僕は好きです、けど、東宮寺さんは結婚もしてたし、女性しか……」

「それを気にしてたんですか？」

東宮寺は意外そうな表情で顔を上げると、しばし沈黙してからきっぱりとした口調で言った。

「私はゲイ寄りのバイセクシャルです」

躊躇もなく堂々と宣言されて目を瞠る。信じられるわけもなく表情全部でそう訴えれば、東宮寺の目に苦笑が浮かんだ。

「過去の恋人は若干男性が多いですよ」

「で、でも、結婚……」

「女性も性愛の対象ではありますから。見合いをしたときは悪くない相手だと思ったんです。両親も乗り気でしたし」

見合い結婚に恋愛感情は必要ないと両親に諭《さと》され、そういうものかと疑いもせずに結婚した。見合いの席で控えめに微笑んだ相手を好ましく思ったのも事実だ。

「結婚して、子供が生まれれば自然と家族になるものだと思っていました。でも私は仕事に没《ぼっ》頭《とう》してしまって、妻から離婚を言い渡されてそれっきりです」

自分は両親の言いつけを守るばかりで妻の言葉に耳を傾けていなかったのだと気づいたのは、妻が去り、まだ幼い朝彦と家で二人きりになってからだ。

「一番近くにいる相手の言葉を聞き逃して、最悪の結末に至ってやっと我に返ったんです。それからは朝彦と一緒にいる時間を最優先にするようにしました。総務部に異動するときは両親に難色《なんしょく》を示されましたが、もう親の言葉に従う年ではないのだと遅まきながら気がついたので」

バイセクシャルだと思っていた自分がゲイ寄りだと気づいたのもその頃だという。

「とはいえ、朝彦が成人するまでは自分のことにかまけている暇もないと思っていたのですが……」

東宮寺が再び直文に顔を寄せてくる。とっさにこけしで唇を守ると、残念そうな顔で頬やこめかみに唇を押し当てられた。

「駄目ですか。私も貴方が好きなのに？」

柔らかな唇の感触に震えながら、直文はなんとか喉の奥から声を押し出す。

「ふ、振られたって、さっき……」

「好きな相手から見合い話なんて持ちかけられたら、振られたと思うのも当然でしょう」

「お店も、ここのところずっと、来なかったし……」

「見合いの話が出たとき、こちらの下心に気づいて牽制《けんせい》されたと思ったんです。だから店に立ち寄る口実が必要だったんですよ」

東宮寺が傍らの机に目を向ける。

「妻に三下《みくだ》り半《はん》を突きつけられてから仕事は控えていたはずが、結局これを武器にすることしかできませんでした」

資料の積み上げられた机から直文に視線を戻し、東宮寺は溜息に乗せて呟く。

「こんなふうにしか貴方を振り向かせられない」

長い睫毛に縁どられた目に自分を恥じるような色が過《よぎ》り、直文はとっさに背伸びをして東宮寺にキスをした。目を見開いた東宮寺に、ひしゃげたような声で言う。

「ぼ……っ、僕も、朝彦君も、仕事に打ち込む貴方を格好いいと思ってるので、悪く言うのは、駄目です……！」

東宮寺はひとつ瞬きをすると、蕩《とろ》けるように目元を緩ませた。

「あまり喜ばせないでください」

「本当の、ことなので……」

「そういうことを不用意に言わない方がいい」

甘やかな声で直文を咎《とが》めた東宮寺が頬に唇を寄せてくる。柔らかな唇がするすると移動して、唇の端で止まった。

「……駄目?」

至近距離でこちらを見る東宮寺の目には笑みが浮かんでいる。断られるなんて思ってもいないのだろう。返事をする代わりに顔を上げれば、すぐさま唇を捉《とら》われた。

「ん……」

物慣れず引き結んだ唇を、先程と同じく誘うように噛んだり舐めたりされた。薄く瞼を開ければ、伏し目がちにこちらを見る東宮寺と目が合う。開けて、と熱烈な視線で乞《こ》われ、抗《あらが》いきれずに唇が緩んだ。

おずおずと開いた唇の間に東宮寺の舌が忍び込む。熱くて苦い舌だった。煙草の味だろうか。けれどすぐに苦味は薄れ、口内を舐め回される感触に夢中になる。

戸惑う舌に東宮寺の舌が絡《から》みつき、表も裏も思うさま舐め尽くされる。舌の縁を舌先で辿《たど》られるとこそばゆくて背中が撓《しな》った。不安定になった体を東宮寺に抱き寄せられ、キスはますます深くなっていく。

（きもちい……）

唇を貪《むさぼ》られながら、直文は東宮寺の食事シーンを思い出す。

ピザやパスタやカレーに定食。食事の動作はゆったりしているのに、東宮寺はあっという間に皿を空にしてしまう。具のたっぷり乗ったピザは大きな一口に呑み込まれ、取り皿はほとんど汚れない。手摑みなのに唇や指先も綺麗なままで、上手に食べる人だと思った。

自分も余さず東宮寺に食べられる様を妄想して、ぶるりと背筋が震えた。

キスの最中、眼鏡が眉の辺りにぶつかって、さすがに気になったのか東宮寺が唇をほどく。邪魔そうに眼鏡を外す仕草を至近距離で見てしまい、その場に膝をつきかけた。美形はオプションをつけても外しても心臓に悪い。

立っていられなくなった直文の体を自分の方に凭《もた》れさせ、東宮寺は直文の手からするりとこけしを抜き取った。

「しがみつくなら私にどうぞ」

笑いながら机の端にこけしを置く。その横には黄色い着物を着た直文似のこけしも置かれていた。

「もう泣いてないでしょう?」

含み笑いして、東宮寺は直文の目尻にキスをする。仲睦《むつ》まじく並ぶ二体のこけしを見て、直文も恐る恐る東宮寺の背に腕を回した。

再び深く唇が重なりそうになり、直文はとっさに顎《あご》を引いた。

「駄目ですか?」

直文の鼻筋に東宮寺がキスをする。さっきからそればかりだ。駄目です、と直文が強く言えないことをすでに学習している。

キスは好きだが、いかんせん刺激が強すぎる。下腹部に熱が溜まり始めているのを自覚して、時間稼《かせ》ぎに拙《つたな》い言い訳をした。

「こ、こけしの目が、気になるので……」

子供じみた言い草に、東宮寺は喉の奥で低く笑う。

「では、こけしのいない部屋に行きましょう」

二体のこけしをその場に残し、東宮寺は直文の背中を抱いて部屋を出る。

リビングにでも連れて行かれるのかと抵抗なく東宮寺に従ったが、通されたのは書斎の向かいの寝室だ。部屋の中央に置かれた大きなベッドを見て、ぎくりと足が止まる。

「えっ、あの……!」

「こけしはいませんよ」

軽やかに背中を押されてベッドに押し倒された。急展開に目を白黒させている隙に東宮寺もベッドに乗り上がってきて、有無を言わさず唇を塞がれた。

最初こそ抵抗しようとしたが、それも長くは続かない。大きな口に唇を塞がれ、器用に動く舌で口内を舐め回されると体から力が抜けた。さっきはまだ手加減してくれていたのだと思い知らされるようなキスだ。

「あ……っ、は、ぁ……っ」

唇が離れ、息継ぎをした端からまた塞がれる。性急すぎると思うのに止められない。

ここに来るまで玉砕覚悟だったのだ。東宮寺の腕の中にいるのが信じられなくて、押しのけるどころか抱き寄せてしまう。

絡めていた舌をほどき、濡れた唇を摺《す》り寄せて東宮寺が笑う。

「もっと抵抗されるかと思いました」

「……抵抗した方が、よかったですか？」

息も絶え絶えに尋ねると、いいえ、と微笑まれた。唇が顎のラインを辿り、今度は首筋に繰り返しキスをされる。

シャツの襟《えり》を掻き分けられ、鎖骨にそっと噛みつかれて体が跳ねた。まだキスしかしていないのに体はすっかり茹《ゆ》だっていて、どこに触れられても過剰に反応してしまう。

「と、東宮寺さん、あの、僕、こういうの、あんまり慣れてなくて」

東宮寺の手がシャツの裾《すそ》から忍び込んできて脇腹を撫でる。大きな掌《てのひら》が胸をまさぐり、肌がざわざわと落ち着かない。胸の突起に触れられると、くすぐったさの下から淫《みだ》らな気持ちが染み出してくる。

息を乱した直文の耳元で、東宮寺が「あまり慣れてない？」と繰り返す。

「あ、あんまり、慣れてない、です」

「少しは慣れてる？」

指の腹で胸の突起を転がされ、耳の端に歯を立てられて爪先《つまさき》が丸まった。少しくらい見栄を張りたいのに、緩やかな快感に搦《から》めとられて思考がばらける。

「は、初めて、です」

正直に白状すると、耳元で東宮寺が笑った。直文の顔を覗き込み、奥歯で何か噛み潰すような顔をする。

「意地悪でしたね、すみません」

どうやら直文が初心者だとわかっていて問い詰めてきたらしい。

直文は軽く拳《こぶし》を握って東宮寺の背を叩く。それを甘んじて受け止め、東宮寺はたまらなくなったように直文の首筋に頬を摺り寄せた。

「貴方が可愛すぎるのがいけない」

喉元を柔らかな笑い声でくすぐられて肌が粟立《あわだ》つ。逃げようとする直文を抱き寄せ、東宮寺は手早く直文のシャツを脱がせた。

「あ、あ……ぁ」

胸の突起を撫で回されて腰の奥が疼《うず》いた。下腹部に熱が溜まってきて内股《うちもも》を擦り合わせると、気づいた東宮寺が内股に手を滑り込ませてくる。

「あ……っ、んぅ……っ」

制止しようと声を上げたが、すぐさま深く唇を塞がれて何も言えなくなった。

ジーンズの上から昂《たかぶ》りを撫でられて腰が跳ねる。逃げようと身をよじったが上から体重をかけられて動けない。フロントボタンを外され、下着越しに雄を撫でられた。

「ん……んん……っ！」

他人に触れられるのは初めてで、羞恥《しゅうち》で体に火がついた。逃げようとしても動けない。声を上げようと口を開けば、東宮寺の舌が深く押し入ってきて口内を掻《か》き回された。

「ん……んっ、ん……」

下着の上から屹立《きつりつ》を握り込まれ、上下に扱《しご》かれる。それだけで全身の血が沸騰《ふっとう》するくらい気持ちいいのに、口の中を食べられるようなキスをされて頭の芯が溶け崩れそうだ。

経験したことのない強い快楽に陶然《とうぜん》とする。あっという間に追い詰められて、涙目で東宮寺の背中を叩いたが大きな体はびくともしない。それどころか追い上げる手の動きが激しくなって、駄目押しのように強く舌を吸い上げられた。

「……っ！」

息を詰めて背中を仰《の》け反《ぞ》らせる。強烈な快感に腰を叩かれ、全身を引き絞って吐精《とせい》した。

東宮寺の唇が離れ、詰めていた息を一気に吐けば、同時にぼろっと涙がこぼれた。下着の中に精を放ってしまい、粗相《そそう》をしたようで恥ずかしい。

「ひ、ひどい……」

息も絶え絶えに呟くと、溢れた涙を東宮寺が唇で受け止めてくれた。あやすようなキスを目元に繰り返し、熱い吐息交じりに囁く。

「すみません、急ぎ過ぎました」

直文は上手く喋れず、無言で東宮寺の背中を叩く。ほとんど力の入っていないそれを受け止め、東宮寺は弱り果てた顔で笑った。

「もっとゆっくり、と思っていたのですが、一度貴方に振られているもので、つい」

頬に東宮寺の吐息が触れる。低い声が心地よく耳朶《じだ》を撫で、達したばかりでだるい体から力が抜けた。

脱力した直文からジーンズと下着を脱がせると、東宮寺は自身のシャツのボタンを外す。

「見合いの話を持ち掛けられたときは、もう諦めた方がいいと思いました。貴方は私をそういう目で見ていないと突きつけられた気分で」

目を伏せた東宮寺は淋しげだ。近寄りがたく整った顔立ちの人間に弱みを晒《さら》すような表情をされると、胸の奥をぐっと摑まれる気分になってしまっていけない。

「すぐには吹っ切れず店に通えなくなりました。時間が経てば諦めもつくだろうと思っていたのに、朝彦から店の話を聞くたび貴方のことが気になって、諦めきれず頼まれてもいない経営分析なんて始めてしまった」

自嘲気味に笑い、東宮寺は肩からワイシャツを脱ぎ落とす。広い胸が露《あら》わになって、直文は息を詰めた。

「こんなに往生際悪く追いすがったのは、生まれて初めてなんです」

ぎしりとベッドが軋《きし》んで、再び東宮寺が覆いかぶさってきた。近づいてくる東宮寺に見惚れていた直文は、東宮寺がベルトを外すのを見るに至ってようやく自分の置かれた状況に気づいた。いつの間にか全裸にされている。

今更のように体を丸める直文の前で、東宮寺は照れもなく下着ごとスラックスを脱ぎ落とす。逃げる間もなく抱きすくめられ、素肌から直接伝わる肌の温かさにめろめろと力が抜けた。

「性急なのは百も承知ですが、今は貴方を逃がしたくない」

首筋で呟いて、東宮寺がきつく直文を抱きしめる。押しつけられた肌はどこもかしこも熱くて、羞恥や戸惑いは蜜《みつ》のように蕩けて流れてしまう。

この先の知識など直文にはないが、それでも逃がしてほしくない。東宮寺の背に腕を回し、消え入るような声で素直にそう告げれば、言葉ごと呑み込むようなキスをされた。

「まさか貴方から来てくれるとは思わなかったので、きちんとした準備もできていないのですが」

貪るようなキスから直文を解放すると、東宮寺はベッドサイドのチェストからチューブを取り出した。ハンドクリームのようだ。それを掌に落とし、直文の脚を大きく開かせる。

まだキスの余韻から覚めていなかった直文は一瞬抵抗が遅れ、窄《すぼ》まりに東宮寺の指が触れるのを許してしまう。

「あ……あっ⁉」

とんでもない場所に触れられていることに気づいて暴れようとしたが、たっぷりとクリームをまとわせた手で陰嚢《いんのう》を撫で回されて腰が抜けた。直接的な刺激ではないのに、腹の底がむずむずするようで爪先がばたつく。

東宮寺は片手でそこを刺激しながら、もう一方の指でぐるりと窄まりを撫でた。

「と、東宮寺さん……っ」

どうしていいかわからず困惑した視線を向ければ、直文の足の間に体を割り込ませた東宮寺が深く体を倒してきた。

「怖ければしがみついてください」

優し気な声でそんなことを言われ、助けを求めるように東宮寺の首にすがりつく。

よく考えれば怖がらせるようなことをしているのは東宮寺自身なのだが、広い胸からゆるゆると伝わってくる体温に安心してしまうのだから我ながらどうしようもない。

「あ……ん、ぅ……っ」

窄まりを撫で回され、優しい力で陰嚢を揉《も》みしだかれる。指の腹で会陰《えいん》を押されると、じわじわと快楽の水位が上がっていく心地がした。直接触れられてもいないのに、ゆるく雄が勃《た》ち上がっていく。

「気持ちいいですか……?」

耳元で囁かれ、返事をする前に耳朶を口に含まれた。ぞくぞくと背筋が震えて、わけもわからないまま何度も頷く。可愛い、と耳元で囁かれれば体の芯《しん》が蕩けてしまって、もう自力で起き上がることもできない。

窄まりを撫でていた指がゆっくりと中に入ってきた。同じスピードで会陰を押されて唇から甘ったるい声が漏れる。身体の中と外から刺激され、腰の奥が重だるくなった。

「あ……あっ、あぁ……」

長い指がずるずると奥まで入ってくる。苦しくて息が止まりそうになったが、痛みはさほどない。未知の感覚に怯《おび》えて東宮寺の首にしがみつくと、宥《なだ》めるようなキスをされた。

「上手に力が抜けていますから、そのまま」

唇の先で囁いて、東宮寺が緩慢《かんまん》に指を抜き差しする。

「あっ、ん、は……っ、ぁ……」

慣れない感触に腰がざわついた。息苦しくて喉を反らすと、首筋に東宮寺が唇を寄せてくる。薄い皮膚に何度も吸いつかれ、ひくひくと痙攣《けいれん》するように体が震えた。

慎重な手つきで中を探りながら、東宮寺がそろりと直文の屹立に触れる。先端からとろとろと蜜をこぼしていたそこを大きな掌で包み込まれ、直文は大きく体を震わせた。

「あっ、や、や……それは……っ」

うん？　と東宮寺は返事とも疑問符ともつかない声を出す。聞こえているくせに。

緩慢に扱《しご》かれ、中でぐるりと指を回されて高い声が漏れた。気持ちがよくて声を殺せない。

だから嫌がったのに、東宮寺は屹立を扱きながら窄まりにもう一本指を添えてきた。

「や、あっ、あぁ……っ！」

「ああ、中が蕩けてる」

耳元で囁く東宮寺の声に余裕がない。それに煽《あお》られますます乱れる。

東宮寺の指を咥《くわ》え込まされて苦しいはずなのに、クリームをつけた手で屹立を扱かれると腰が抜けるほど気持ちがいい。先端からとろとろと溢れてくる蜜が滑りを良くして、直文はひくひくと爪先を震わせた。

「や、やだ、東宮寺さん、また、い……っ」

「どうぞ、見せて、見たい」

東宮寺の声も口調も乱れている。真上から熱い視線を注がれて肌が溶けそうだ。

直文は大きく首を振って東宮寺の首を掻き抱いた。

「い、一緒がいい……！」

ぐっと東宮寺が息を詰まらせる。それを肌で感じた直文は、追い打ちをかけるように東宮寺の首に頬を摺り寄せた。

「……駄目?」

先程の仕返しだ。

東宮寺の喉がごくりと上下して、窄まりから指を引き抜かれる。

東宮寺は身を起こすと、「まさか」と短く答えて直文を見下ろしてきた。目の奥に見え隠れするのは、ギラギラとした欲情だ。

直文の脚を抱え上げた東宮寺が、窄まりに屹立を押しつけてくる。

穏やかな表情をかなぐり捨てた東宮寺から目を逸らせない。求められているのだと思うと胸が張り裂けそうだ。

ぐっと先端が中に入ってくる。

ひゅ、と音を立てて喉の奥が締まった。痛いのか苦しいのか上手く表現できない。でも額に汗を滲ませた東宮寺の食い入るような顔を見たら自分の苦痛などどうでもよくなった。この顔を見逃したくない。

浅いところに先端を埋め、東宮寺はゆるゆると腰を揺らす。固い切っ先で縁の辺りを揺すり上げられ、喉の奥からようやく掠れた息が漏れた。

「……っ、は……っ、ぁ……」

「苦しいですか……?」

汗が目に入ったのか東宮寺が目を眇《すが》める。男くさい表情にきゅんとして、無自覚に東宮寺を締めつけてしまった。

「……こら」

東宮寺が苦笑いする。朝彦を叱っているときと同じ口調で、でも格段に表情が甘い。

自分にだけ向けられる顔だと思ったら体の芯が甘く疼《うず》いた。

「あ、ん……っ、と、う……ぁっ」

東宮寺さん、と呼びたいのに上手くいかない。揺さぶられながら、少しずつ奥まで呑み込まされる。

初めて拓《ひら》かれる場所なのに、期待で体がうねりを上げた。もっと奥まで一杯にしてほしくて、覆いかぶさってきた体を夢中で抱きしめる。

「……はっ、可愛いことばかり」

耳元で東宮寺が笑った。甘ったるい声に耳から溶かされる。

「あっ、あっ、は……っ」

大きなストロークで突き上げられて喉が仰け反った。むき出しになった首筋に東宮寺が嚙みついてきて震え上がる。

東宮寺を受け入れた部分はもうぐずぐずに溶けていて、直文自身も溶けたバターのように柔らかくなってしまっている。喉元に東宮寺の荒い息遣いを感じながら、食い尽くされる予感に

胸を喘《あえ》がせた。

「あ、あ……あぁ……っ」

蕩けた奥を穿《うが》たれて目も開けていられない。全身を温《ぬる》い快楽で舐め上げられるようだ。爪先から頭のてっぺんまで、大きな一口に呑み込まれる。

息を弾《はず》ませ直文を揺さぶっていた東宮寺が、ふっと目元に笑みを浮かべた。

「可愛い、そんな、気持ちよさそうな顔をして……っ」

ぐずぐずになった場所をひときわ深く突き上げられ、直文は後ろ頭をシーツに押しつけた。荒っぽい腰使いで追い立てられ、体が奥から溶けて崩れる。

「ひ、あ……っ、あぁ……っ！」

爪先が鋭く宙を蹴り、視界が白く瞬《またた》いた。腹の辺りがじわりと温かくなり、おぼろに自分が達したことを悟る。

東宮寺も小さく息を詰めたが、動きを止めるどころかますます激しく突き上げてきて、直文は悲鳴じみた嬌声《きょうせい》を上げた。

暴れる体を抱きしめられて、燃えるような目で見詰められる。もう少し、と吐息で囁かれ、抗《あらが》いようもなく快楽の底に突き落とされた。

見た目に反して食欲の旺盛《おうせい》な人だとは思っていたが、ベッドでもこの調子とは。

これはもう、骨すら綺麗に食い尽くされるまで終わらせてもらえないらしい。

疲れ切った体を労《いた》わるように、誰かが直文の髪を撫でている。

低くなだらかな口調で「店長」と呼ばれ、むっと眉を寄せたら今度は笑い交じりに「沢木《さわき》さん」と呼び直された。満足して眉間《みけん》の皺《しわ》をほどけば、耳朶を温かな息が撫でる。

「直文」

夢にしては鮮明な声にぱちりと目を開けると、眼前にむき出しの広い胸があった。ぎょっとして顔を上げれば、裸の胸に直文を抱き込んだ東宮寺が愛《いと》し気に笑っている。

「おはようございます。お加減は？」

言われて初めて、ブラインドの下がった寝室の窓から薄く朝日が射していることに気づいた。すでに夜は明けているらしい。

昨晩は本気で朝まで離してもらえないのではと危惧《きぐ》したが、あの後すぐに意識を飛ばして解放されたようだ。己の醜態を思い出し、直文は目元を赤らめ「大丈夫です」と返す。

「昨日は無理をさせてすみません。もう少し休んでいてください。まだ明け方ですから」

東宮寺は直文の背中を撫でて髪にキスをする。直文もおずおずと東宮寺の胸にすり寄って、温かな腕の中で小さく息を吐いた。

「……東宮寺さん、眼鏡かけるんですね」

後ろ髪を梳《す》かれる感触が気持ちよく、夢見心地で直文は呟く。

「ええ。普段はコンタクトですが、自宅では眼鏡です」

「煙草吸ってるのも、意外でした」

「朝彦が生まれてからはずっと禁煙していたんですよ。でも十年ぶりに禁を破りました。仕事が煮詰まるとどうしても」

総務に異動してからは初めてのことだと東宮寺は笑う。

「仕事、忙しかったんですか……？」

「いえ、貴方を振り向かせるための資料作りに没頭していたんです。おかげで現役時代と遜《そん》色《しょく》ない資料ができたと思います。よければ朝食の後にでも見てやってください」

そんなに本気で資料を作ったのか。どれだけ必死になってくれたのだと頬を赤らめる。

真っ赤になった直文にキスを繰り返し、東宮寺はベッドサイドのチェストに腕を伸ばした。

「これにも、大変お世話になりました」

そう言って東宮寺が直文の前にかざしたのは、四つ折りにされたおみくじだ。

「見合いの話を持ち掛けられた日、引かせてもらったおみくじです」

開いたくじの中心には、直文の字で『焦らずに、できることからこつこつと』と書かれていた。

「ご神託《しんたく》に従って、私にできることからこつこつ始めました。まずは貴方の店の競合相手になるだろう飲食店の視察から」

「こ、こつこつの度合いが尋常じゃないんですが……」

「おかげでこうして貴方が腕の中にいるんですから」

見ているこちらの方が照れてしまうくらい幸福そうな顔で笑い、東宮寺は直文を抱きしめる。

「貴方のおみくじはご利益《りやく》があるのでは？」

真偽《しんぎ》のほどは不明だが、東宮寺がそう言ってくれるなら今度は恋愛みくじを作ってみよう。

小さなおみくじ箱の中に、恋に迷う人たちの背中を押す言葉を山ほど詰め込んであげるのだ。

恋愛に疎《うと》い自分でも、今ならそれなりのアドバイスができるかもしれない。

東宮寺の腕の中で耳の端まで赤くして、直文はこっそりとそんなことを思った。

特別なのは貴方だけ

tokubetsu nanowa anatadake

暦《こよみ》も十一月に入り、本格的な冬が近づいてきた。

だんだんと日も短くなって、午後に入ると日差しはかなり傾き始める。窓から差し込む陽光は淡いオレンジを帯びた蜂蜜《はちみつ》色で、キッチンから店内を見渡した直文《なおふみ》は小首を傾《かし》げた。

時刻は午後の二時を回ったところで、いつの間にか昼のピークを過ぎている。あまりにも客が来ないので時間の感覚が曖昧《あいまい》になっていた。土曜の昼時ともなれば最近は満席になることが多かったのだが。

（そういえば、先週も少しお客さんが少なかったような。今週は平日も……）

はて、と首を傾げたものの、急に客足が遠のいた理由はわからない。

まあそういう時期もあるだろうと気楽に考えレジカウンターの裏に回った。

レジ裏の棚には、おみくじの箱が三つ並んでいる。水色、ピンク、黄色と各々《おのおの》色が違う箱の横に、新しく置かれたのは真っ赤な箱だ。最近作った恋みくじである。

（恋みくじって言うからには、もう少し華やかな見た目にした方がいいかな。折り紙でハート型でも切り抜いて貼り付けてみようか……）

棚から赤い箱を出して考え込んでいたら、店のドアにつけたカウベルが鳴った。振り返れば、ワイシャツに黒いジャケットを着た長身の男性と、小柄な少年が店に入って来たところだ。この店の常連である東宮寺《とうぐうじ》と朝彦《あさひこ》の親子である。

どこかに行った帰りなのか、肩から重そうなカバンを下げた二人に笑顔で「いらっしゃいませ」と声をかけようとしたら、それを掻《か》き消すように朝彦が叫んだ。

「やっぱり客が流れてるじゃないですか！」

朝彦だけでなく、東宮寺も客のいない店内を見回して深刻な顔をしている。

やっぱりとはなんだろう、と思いつつ、直文は苦笑とともに二人を迎えた。

「今日は朝からお客さんがいなくて。よかったらのんびりしていってくださいね」

「何のんきに笑ってるんです」

朝彦は大股でカウンター席までやって来ると、肩に下げたカバンから分厚《ぶあつ》いファイルを取り出した。東宮寺も同じようにカバンからノートパソコンを取り出す。

何事かと目を白黒させる直文に、二人は口を揃えて言った。

「緊急会議を開きましょう」


まずは売り上げに貢献とばかり洋風ランチを注文した東宮寺親子は、直文が料理の準備をする間、今月に入ってから喫茶KOKESHIの客足が落ちた要因の一つと目《もく》される事柄を簡単に説明してくれた。なんでも駅前に新しくイタリアンレストランが出来たそうだ。

先月放送されたテレビの情報番組で、オープン直前のその店が紹介されたらしい。オープンから一週間が経《た》った今日は店外まで列ができている状況だという。

「そのお店がオープンしたせいで、うちのお客さんが減ったってことですか？」

デミグラスソースのかかったオムライスを食べる親子の姿をカウンター越しに眺め、直文は半信半疑で尋ねる。

駅からこの店までは歩いて約十分かかる。隣に新しい店ができたというならともかく、駅前にできた店の存在がこれほど直接的に売り上げに影響するものだろうか。ぴんとこなかったが、東宮寺はスプーンでざっくりとオムライスをすくいながら頷いた。

「オープンしたばかりの店はそれなりに吸引力がありますからね。外食をする際、新しくできた店に行ってみようと思う人は多いでしょう」

「地域住民の数は一定です。どこか一店に人が集中するということは、他の店に来るはずだった客がそちらに流れているってことですよ」

東宮寺に続き朝彦も口を開く。カウンターに並んで交互に喋《しゃべ》る二人を見て、やはり親子だと思った。ちょっとした抑揚《よくよう》のつけ方が似ている。朝彦が声変わりなどしてしまったら、声だけではどちらが喋っているか聞き分けられなくなるかもしれない。

そのころまで朝彦は店に通ってくれるだろうか、などと考えていたら、早々にオムライスを完食した東宮寺がスプーンを置いた。お喋りをしながら食べていたはずなのにあっという間だ。相変わらず一口が大きい。そして皿には米粒ひとつ残っていない。

「競合店《きょうごうてん》ができることで一時的に客足が落ちるのはよくあることです。なので、本来あまり気に病《や》む必要はないのですが……」

「イケメンなんですよ、あそこの店長。リピーターがつくかもしれません」

ようやくオムライスを半分食べた朝彦が横から口を挟んでくる。

「朝彦君、店長さんの顔知ってるの？」

「見てきました。ボクシングやってるアイドルみたいな顔してましたよ」

「んん？　それどういうタイプのイケメン？」

「スポーツマンタイプの好青年と言ったところでしょうかね」

東宮寺が補足してくれて、ぼんやりイメージを掴むことができた。なるほど、と頷いてから、東宮寺も店長の顔を知っていることに気づいて目を瞬かせる。

「東宮寺さんも店長さんの顔知ってるんですか？」

「そうですね。一応、敵情視察に行っておこうかと思いまして」

「敵、ですか」

「ええ。この店の競合店になるわけですし。この一週間、朝彦は平日の夕方、私は昼と夜に様子を見てきました。ここに来る前も様子を見て来たんですよ。とりあえず今日はここで、朝彦と情報のすり合わせをしつつ喫茶ＫＯＫＥＳＨＩの今後の展開について考えようかと」

言いながら、カウンターの端に置かれていたファイルとノートパソコンを横目で見る。

東宮寺に遅れてランチを食べ終えた朝彦は「まずは父と情報共有するので店長は片付けでもしていてください」と言って空《から》の皿をよこしてきた。

言われるまま汚れた皿を持ってキッチンに回り、大人しく洗い物を始める。すぐに水音に交じり二人の会話が聞こえてきた。

「店のレイアウトは四人掛けのテーブルが八席、カウンターが十二席だね。平日の夕方はほぼ満席だったよ。昼はどうだった？」

「昼時もかなり席が埋まってたな。女性客が多かった」

「今日はカップルが多かったけどこの辺の人たちかな。それとも電車でわざわざ来た？」

「テレビで放送されてるからな、電車で来る人もいるだろう」

「親子連れはあんまりいなかったね」

「うん、メインターゲットは女性とカップルかな。価格設定が少し高めだ。その分、内装と演出に手が込んでる。少し贅沢《ぜいたく》したい、あるいは特別なときに行く店って位置づけか」

「じゃあこの店とは最初からコンセプトが違う。ターゲットを食い合うことにはならないんじゃ？」

キッチンでコーヒーを淹《い》れながら、うわぁ、と小さな声で呟いてしまった。あれが親子の会話か。サラリーマン同士がランチミーティングでもしているようにしか聞こえない。かつて敏腕コンサルタントとして采配《さいはい》を振るっていた東宮寺はまだわかるが、そんな東宮寺と小学生にして対等に会話をしている朝彦の将来が末恐ろしいほどだ。

コーヒーとアイスティーを盆に載せ、キッチンを出たところで東宮寺がきっぱりとした口調で言った。

「二ヵ月だな。テレビや雑誌の宣伝効果はそう長く続かない。二ヵ月様子を見ておこう」

「別の媒体《ばいたい》で取り上げられるかもよ。あの店、宣伝用のSNSもやってるし」

「そっちはもうフォローしてある。店内イベントなんかも注意しておこう」

「あの……作戦会議中に水を差すようですが、そろそろ一服しませんか?」

後ろから声をかけると、二人が同時に振り返った。

「僕たち、飲み物はまだ頼んでませんよ」

「これは僕からのサービス。うちのお店のためにあれこれ調べてもらってるんだから。それに、一応僕も店長だから会議に参加したいな」

盆の上には朝彦のためのアイスティーと、コーヒーカップが二つある。

朝彦は「店長が参加したところで、にこにこ頷いてるだけでは?」などと言いつつテーブルの上を片付けて直文の座る場所を空けてくれた。

朝彦を真ん中にする形で席に座り、直文は早速《さっそく》身を乗り出して二人に尋ねた。

「新しくできたイタリアンのお店ってなんて名前ですか? 料理はどんな感じですかね」

「店の名前は『Retta』です。僕はケーキくらいしか食べてませんが」

「ケーキもあるんだ。美味《おい》しかった?」

「悪くはなかったです」と素っ気なく答える朝彦の横顔を見て、これは美味しかったんだな、と見当をつける。少しでも口に合わなければ容赦《ようしゃ》なくこき下ろしたはずだ。

東宮寺もコーヒーに口をつけ「私はランチを食べました」と言う。

「味は良かったですよ。ただ接客に偏《かたよ》りがありましたね。少し危ういやり方に見えました」

東宮寺の言葉に素早く反応したのは朝彦だ。

「偏りって、客によって接客方法を変えてるってこと？」

「うん、早速リピートしてくれた客がいたみたいで、その客にはデザートをサービスしてた。帰りには割引券も渡していたようだし」

「固定客の囲い込みをしようとしてるんでしょう。駄目なの？」

「一概《いちがい》に駄目とは言えないが……」

東宮寺と朝彦の間では滑《なめ》らかに会話が進むが、直文だけついていけない。このままでは本当に相槌《あいづち》を打つだけになってしまうと思っていたら、東宮寺が直文にも説明をしてくれた。

「店にとって『いい客』は、何度も足を運んでくれる客です。その相手をつなぎとめるために割引券を渡したり、さりげなくいい席を優遇したりするのは、下手《へた》をすると客側に『店に来てやっているんだから優遇されて当然』という気持ちを引き起こさせかねません。最初から割引券を渡されたら、次も当然もらえると思ってしまうのが人情でしょう」

「はあ、なるほど……」

「そうやって一度特別待遇した客のサービスを止めると、どうなると思いますか？」

「クレームがつく」

即答したのは朝彦で、迷いのないその言葉に直文は目を瞠《みは》る。

サービスはあくまで店側の好意だ。やめたからと言ってクレームまでつかないだろうと思いながら東宮寺を見れば、苦笑とともに頷かれてしまった。朝彦が正しいらしい。

東宮寺は直文の目を見て、嚙んで含めるような口調で言う。

「客の囲い込みは諸刃《もろは》の剣《つるぎ》なんですよ。チェーンレストランなら毎回ちょっとした割引券を付けることもできますが、個人経営の飲食店には難しい。予算に限りがありますからね。その手のサービスは一見効果がありそうですが、いざ始めると継続するのが大変です」

思いもかけない落とし穴に目を丸くする直文とは対照的に、朝彦は冷静に相槌を打っている。心強いことこの上ない。

二人がタッグを組んでくれればこの店は安泰だ。大人しく会議を拝聴《はいちょう》していようと思ったが、仮にも自分は店長である。頷くばかりでは芸がない。鳴子《なるこ》のこけしでさえ首を動かせば音が鳴るのだ。せめてもと口を開く。

「そのイタリアンのお店、ケーキも出してるんですよね。だったらうちもケーキとか出してみましょうか？　新しいデザートを考案して……」

「これ以上メニューを増やすのは大変でしょう。店長一人でこの店を切り盛りするだけでもギリギリなんですから」

言った端から東宮寺にやんわりと止められてしまった。正論だ。

「じゃあ、お店の雰囲気とか変えてみます？　もう少しシュッとしたイメージに……」

「店のいたるところにこけしを林立させておいて、今更どうやって雰囲気を変えるんです。まさかこけしを撤去《てっきょ》するんですか？」

今度は朝彦に言葉を遮《さえぎ》られ、慌てて首を横に振った。

「こけしが無かったら店名の由来が迷子になるよ！」

「こけしをどかせない以上、店の雰囲気は変えようがないでしょう」

「じゃあ、何を変えればいいだろう……」

「何も変えなくていいんじゃないですか？」

真剣に考えていたら、横からあっさり朝彦に言い渡されてしまった。匙《さじ》を投げられたのかと慌てたが、朝彦の向こうで東宮寺も「そうですね」と笑顔で頷いている。

「折に触れて店の経営状態を見直すことは大切ですが、焦《あせ》って店の在《あ》り方を変える必要はないと思いますよ。私たちはただ、貴方《あなた》になるべく冷静に現状を見詰めてもらって、苦しい時期をやり過ごすお手伝いをしたいだけなんですから。ここの雰囲気が好きなお客さんも多いでしょうし、無理に変える必要はありません。かく言う私たちもこの店のファンです」

穏やかな口調ながら、東宮寺の声には確信を持った響きがある。目が合うとますます優しく目尻が下がった。表情に少し甘さが加わった気がしてどきりとする。

「そろそろ午前の営業が終わる時間じゃないんですか？」

アイスティーを飲み切った朝彦が店内の時計を見上げて口を開かなければ、しばらく東宮寺の笑顔に見惚《みと》れていたかもしれない。我に返り、あたふたとコーヒーに口をつけた。

「大丈夫だよ、どうせ暇なんだしゆっくりしていって」

「そんなわけにもいかないでしょう。貴方の休み時間がなくなりますよ」

「今だって十分休んでるようなものなのに」

「気を抜きすぎです。一応僕たちも客なんですからね」

身支度を整えながら朝彦がこちらを睨んでくる。その通りなので「失礼しました」と頭を下げた。

ずけずけと物を言う朝彦に東宮寺が何か言おうとしたところで、朝彦がぴくりと動きを止めた。ズボンのポケットをまさぐり、中から携帯電話を取り出す。

「……お祖母《ばあ》ちゃんからだ。ちょっと出てくる」

言うが早いか、携帯電話を耳に当てて店を出ていく。その姿を見送り、東宮寺がひっそりとした溜息をついた。

「朝彦がすみません。いつも好き勝手言って……」

「いえいえ、朝彦君のあの物怖《ものお》じしないところが好きなのでお気になさらず。お祖母ちゃんから電話って言ってましたけど、これからご実家に行かれるんですか？」

朝彦の祖父母の家――東宮寺にとっては実家だ――はこの店から程近いところにあるらしい。

東宮寺も椅子から降り、財布を出しながら溜息交じりに笑った。

「そうなんです。最近土日は顔を出せとうるさくて。朝彦が塾に行くようになったものですから、平日は以前ほど顔を合わせなくなって淋しいみたいですね」

「朝彦君、塾に行き始めたんですか。気がつきませんでした」

「つい最近ですよ。友達に誘われたそうで、週に三回ほど通っています」

朝彦がこの店に通い始めた当初はそれこそ毎日のように顔を出してくれていたが、最近その頻度《ひんど》が減っているなとは思っていた。仲のいい友達もできたようだし彼らと遊んでいるのだろうと想像していたのだが、塾に行っていたのか。

「塾って遅くまでやってるんですか？」

「そうですね。帰りは夜の九時近くなるときもあります。危ないので塾のある日は迎えに行っていますよ。本人は『必要ない』と怒るんですが」

レジに向かった東宮寺を追いかけ、直文は二人の姿を想像して目を細めた。父親と並んで夜道を歩くのはどんな気分だろう。照れくさいだろうか、過保護だと呆れているだろうか。

大人になって、きっと何かの折に思い出すこともあるだろう。東宮寺親子を眺め、直文が父親とのやり取りを懐《なつ》かしく思い返したように。他愛《たわい》のない情景を振り返ったとき、遠くの星を眺めるように朝彦が目を細めてくれればいいなと思う。

口元を緩《ゆる》めてレジを叩く。金額を告げると、東宮寺が少し困ったような顔をした。

「ドリンク代もきちんとお支払いしますよ？」

「いいんです。東宮寺さんたちとゆっくり話がしたくて僕が勝手に出したんですから」

「朝彦にも言いましたが、あまり特定の客を優遇するのは……」

「わかってます。東宮寺さんたちだけです」

東宮寺は苦笑を漏らし、財布から紙幣《しへい》を取り出した。

「実際のところ、悪い気はしませんね。特別扱いしてもらえるのは」

「じゃあまた今度サービスしますね！　あ、おみくじもどうぞ」

東宮寺にレシートを渡し、レジの下からおみくじの箱を取り出す。箱の色を見て、東宮寺は片手で自身の頬を撫でた。

「黄色の箱は疲れていそうな人に出すんでしたよね。そんな顔してましたか？」

「そういうわけじゃないんですけど、夜も朝彦君のお迎えに行っていると聞いたので少しお疲れかと思いまして。お客さんに元気を出してほしいときも黄色い箱ですよ」

なるほど、と呟いて東宮寺が箱の中に手を入れる。中から四つ折りにした紙を引き抜き、その場で広げて目を細めた。

「『眠る前に白湯《さゆ》を飲むと吉《きち》』だそうです。お茶ではなくて、白湯なんですね」

「お茶だとカフェインを摂取《せっしゅ》してしまうので寝つきが悪くなるかなぁと思いまして……。ち、ちょっと変でしたかね？」

　おみくじの文はすべて直文が書いているので御利益《ごりやく》などは特にない。ただの健康アドバイスだ。やっぱりお茶の方がよかったかな、などと考えていたら、東宮寺がおみくじを口元に当てて笑った。

「いいえ、貴方らしくていいと思います。受け取る相手の寝つきのことまで考えてくれるなんて、親密な感じがしていいですね」

　大事にします、と言って東宮寺が目を細める。口元を隠しているせいか、長い睫毛《まつげ》が動く様がことさら目に焼きついてドキドキした。出会って数ヵ月経ってもなお、東宮寺の美貌に見慣れない。

「そういえば、さっき赤い箱を持ってませんでしたか？」

「あっ、そ、そうなんです。新しく、その……恋のおみくじも作ってみようかと」

　自分で作っておきながら、改めて『恋』という言葉を口にするのは照れくさい。からかわれるかもしれないと思ったが、東宮寺は茶化すどころか真顔で「いいですね」と言った。

「平日の夕方は若い女性客の利用が多いと朝彦から聞いています。喜ばれると思いますよ。内容はどんな？　私も引いてみていいですか？」

　食い気味に尋ねられて後ずさる。コンサルタントの仕事をしていたときの東宮寺はこんな感じだったのだろうかと思いながら、弱り顔で首を横に振った。

「箱は作ったんですが、まだ中のくじはできてないんです。いざ恋愛アドバイスをするとなると難しくて……」

寝つきがよくなるよう白湯を飲めと助言するのとはわけが違う。直文自身恋愛経験が乏《とぼ》しいので、見当違いなアドバイスを連発してしまわないかという不安もあった。

(大体、僕がまともにつき合った人なんて、東宮寺さんしかいないんだし……)

ちらりと東宮寺に視線を送る。

レジカウンターに置かれた赤い箱をしげしげと見詰める東宮寺は真剣だ。その顔は直文の視線より少し高い所にある。長身で、精悍《せいかん》な顔立ち。小学生の息子がいるとは思えないくらい若々しいこの人が自分の恋人なのだと、ふと思い出しては不思議な気分になる。なんだか実感がわかない。

凛々《りり》しい顔に見惚れていると、東宮寺がこちらを見た。

自分がどんな顔で東宮寺を見ていたのかはわからないが、きっとよほど間の抜けた顔をしていたのだろう。東宮寺が優しく目元をほどく。

「くじが出来たら、ぜひ私にも引かせてくださいね」

「え、は、はい、でも……あの、ひ、引いてどうするんですか……？」

もう自分とつき合っているのに、と口にするのは気恥ずかしくてごにょごにょと語尾を濁《にご》せば、レジカウンターの向こうから東宮寺の手が伸びてきた。

「恋は成就《じょうじゅ》すれば終わりというものでもないでしょう。恋人と喧嘩をすることだってあるかもしれませんし、相手にもっと好きになってほしいと思うこともあります」

頬に東宮寺の指が触れ、どきりとして軽く顎《あご》を引いてしまった。俯《うつむ》けば、東宮寺がもう一方の手をカウンターについて身を乗り出してくる。大きな体が近づく気配に、自然と肩に力が入った。

「……私だったらおみくじに、『相手の目を見ると吉』とでも書いておきますね」

親指で柔らかく頬を撫でられ、ひそやかな声で囁かれる。

店内には直文と東宮寺の二人しかおらず、急速に大きくなっていく自分の心臓の音が嫌でも耳についた。おずおずと目を上げると、もうすぐそこまで東宮寺の顔が迫《せま》っている。

至近距離で視線が交わって、熱を帯びた瞳を直視できずギュッと目を閉じてしまった。そうしてしまってから、もしやこれはキス待ちの態勢になってしまったのではと内心大いに動揺する。

東宮寺とお付き合いを始めてからようやく半月が過ぎたばかりで、この手の行為にはまだ慣れない。そうでなくとも二人きりになる機会自体が少ないのだ。土日も店に立っている直文とサラリーマンの東宮寺は休みの日が合わないし、店が終わってから会おうにも家には朝彦がいる。朝彦がそばにいるのにべたべたなどできないし、さりとて朝彦をマンションに残して二人で会うわけにもいかない。どんなに大人びていても朝彦はまだ小学生だ。

（そうだ、今だって朝彦君が店の外にいるのに……）

祖母からかかってきた電話に出るため朝彦が店を出てからかなり時間が経っている。こんなことをしている場合ではなかったと瞼《まぶた》を開けようとしたところで、頬に触れていた東宮寺の指がするりと顎まで移動して上を向かされた。

これは本気でキスをされる流れだ。息を詰めた次の瞬間、店のドアにとりつけられたカウベルが鳴って直文の心臓が飛び上がった。心臓だけでなく体ごとその場で垂直飛びをして、勢いよく後ろに足を踏み出し東宮寺から距離を取る。

東宮寺の体の横から顔を覗かせてドアの方を見ると、思った通り朝彦が立っている。角度的に、ドアを開けた瞬間は東宮寺の背中しか見えなかったはずだが、朝彦は何もかも了解している顔で言った。

「僕、先にお祖母ちゃんの家に行ってようか？」

「そう――」

「そんなことしなくていいよ！」

東宮寺の声を掻《か》き消す勢いで叫んで、直文はぐいぐいと目の前の体を押した。

「お、おみくじの中身は次回までにまた作っておきますので！　こ、今後とも、ご指導ご鞭撻《べんたつ》のほどよろしくお願いいたします！」

東宮寺は少しばかり残念そうな顔をしたものの素直にレジを離れる。だが、ドアに向かう途中で振り返り、こう付け足すのも忘れない。

「さっきの文言《もんごん》、良ければぜひおみくじに使ってください」

泳ぎがちになる直文の視線をその一言でがっちりと捕まえ、楽しげに目を細める。

無言で頷き返すことしかできない直文に笑顔で会釈《えしゃく》をして東宮寺は店を出ていった。閉まりかけたドアの隙間から、朝彦の呆れたような声が聞こえてくる。

「別に二人のこと反対する気はないからさ、場所と時間は選んでよ。声かけるタイミング計っちゃったじゃん」

ドアが閉まり、からん、とカウベルが音を立てる。軽やかな音を聞きながら、直文はその場に膝《ひざ》をつきそうになった。

(——小学生に気を使わせてしまった)

いくら初めての恋人に舞い上がっているからといって、あまりにも駄目な大人過ぎないだろうか。

頭の中では朝彦がいつもの調子で「貴方が駄目なのはとっくに承知してます」と言い返してきて、ますます深く項垂《うなだ》れることしかできなかった。

喫茶ＫＯＫＥＳＨＩは夜の八時に店を閉める。

ドアの外にかかった『OPEN』のプレートをひっくり返し、掃除をしてレジを締めたら帰宅することが多いのだが、たまに翌日のランチや定食の試作などを行うこともあった。そんなときは店の外まで甘辛い煮物の匂いなどが漂《ただよ》って、プレートが『CLOSED』になっているにもかかわらず「まだやってるの？」と店に入ってくる者もいた。

しかし、今夜店の外に流れだしたのは煮物の匂いでもカレーの匂いでもない。甘いケーキの匂いだ。

「あれ、スポンジしぼんじゃった」

キッチンで生クリームを泡立てていた直文は、調理台に置いていた円形のスポンジを見て目を丸くする。オーブンから取り出したときはきちんと膨《ふく》らんでいたはずなのに、ちょっと目を離した隙に半分の高さにしぼんでしまった。型に入れておいたままにしておいたのが悪かったか。それともクリームを泡立てるのに時間がかかりすぎてしまったか。難しいな、と独り言《ご》ちて型をひっくり返し、ぺたんこになったスポンジをまな板の上に置く。

直文が作っているのは、店で出すための新作ケーキ――ではなくて、バースデーケーキだ。十一月の三十日は、朝彦の誕生日なのである。

直文がそれを知ったのはほんの三日前、全くの偶然だった。学校帰りに店に立ち寄った朝彦が、カウンター席で学校の宿題をしていたのが目に入ったのだ。

黙々と算数のプリントを解く朝彦の傍《かたわ》らには、英語のプリントが置かれていた。

直文の小学校でも英語の授業はあったが、今時の小学生はどんな授業をしているのだろうとカウンターの向こうから首を伸ばしたとき、見えてしまったのだ。『My birthday』という欄《らん》に、November,30とあるのが。自分の誕生日を英語で発表する授業らしい。

直文はその場で「もうすぐ誕生日なんだね」と朝彦に声をかけようとして、やめた。

朝彦は算数や英語のプリントの横に、分厚いノートも並べていた。使い込まれたそのノートには、この店にやって来る客の性別や年齢、人数、来店時間などが事細かに書かれている。朝彦が夏から丹念《たんねん》に記録を取っている、この店を訪れた客の実態調査書だ。

自分たちが勝手にやっていることだから気にするな、と朝彦や東宮寺は言うが、やはり何かお礼がしたい。そこで直文は、朝彦のサプライズ誕生会を催《もよお》すことにしたのだ。

十一月三十日は月曜日。その前々日に当たる土曜日は、閉店後に東宮寺親子がここに来ることになっている。駅前にできたライバル店の開店から約一ヵ月が経つその日に、商売敵《がたき》の客入りなどについて報告してくれるらしい。いわば作戦会議だ。

そこにケーキを持ち込んで、朝彦の誕生日パーティーを行うのだ。せっかくなので東宮寺も驚かせたいと思い、計画は直文ひとりでこっそりと進めている。

そんなわけで閉店後に練習のつもりでケーキなど焼いているわけだが、いざ作るとなると簡単にはいかない。そもそも直文は菓子作りに慣れていない。この店をオープンした当初、店で出していたケーキは近くのケーキ屋から仕入れていたものだった。

（何度か練習すれば上手くなるかな。それとも素人《しろうと》のケーキなんて出すくらいだったら、美味しいケーキを買ってきた方がいいのかな）

カレンダーを横目で見る。明日は第三水曜日で店が休み。明後日《あさって》の木曜は定休日なので月に一度の連休だ。この休みの間にみっちり練習をすればなんとかなる、だろうか。

（……あと一週間以上あるし、練習してみて、無理そうだったら買いに行けばいいか）

やれるだけやってみよう、と再び生クリームを泡立て始めたところで、からんと控えめにカウベルが鳴った。

「あっ、すみません、もうお店は終わってて……」

ベルに気づいてキッチンから顔を出した直文は、薄く開いたドアの向こうに立っているのが東宮寺だと気づいて言葉を切った。慌てて泡立て器を調理台に置きキッチンを出る。

「東宮寺さん！　あれ、お仕事の帰りですか？」

東宮寺はスーツを着て、手にはビジネスバッグも持っている。朝彦のために仕事は定時で切り上げることが多いと聞いていたのだが、今日は少し遅めの帰宅らしい。

直文に招き入れられて店内に入った東宮寺は、そうなんです、と頷いた。

「朝彦が塾に行く日は、迎えに行く時間に合わせて帰るようにしているんです。今日は少し早めに着いてしまったので、回り道でもしようと店の前を通りかかったのですが」

言葉の途中で、すん、と東宮寺が鼻を鳴らす。

「店の中から何か甘い匂いがしたものですから、つい気になって」

思いがけず東宮寺の顔が見られたことに浮かれて満面の笑みをたたえていた直文の顔が、その一言で不自然に強張《こわば》った。

せっかくのサプライズがあわや風前の灯火《ともしび》だ。顔に笑みを張り付けたままケーキの匂いをごまかす言い訳を必死で考えていると、東宮寺が「もしかして」と声を潜《ひそ》めた。

東宮寺は察しがいい。これはもうばれた。いっそ東宮寺をサプライズパーティーの協力者に引き入れてしまおうかなどと考えていたら、思わぬ言葉をかけられた。

「新メニューでも考えているんですか?」

直文は目を丸くする。珍しく東宮寺の予想が外れた。ありがたい勘違いだ。便乗《びんじょう》しようと、無言で何度も頷いてみせた。

東宮寺は眉を下げ、やっぱりと言いたげな苦笑を口元に浮かべる。

「手作りケーキですか?　手間や材料費を考えると、なかなか難しいと思いますよ」

「そ、そうですよね。僕もそうじゃないかと思ったんですが、一応やってみないと気が済まないもので……」

「どんなケーキを出すつもりだったんです?」

重ねて問われて目が泳ぐ。うっかりホールケーキだなんて言ったら今度こそ東宮寺に勘づかれるかもしれない。どうにか話題を変えなければ。

「いや、普通の、ショートケーキですかね。でもかなり手間がかかることはわかったので諦めます！　そ、それより！　この前店のこけしのレイアウトを変えてみたんですよ！」

「こけし？　……変わってますか？」

東宮寺が不思議そうな顔で店内を見回す。とりあえずケーキから気を逸《そ》らせたことにほっとして、肩の力を抜いて答えた。

「今はもう元の配置に戻してます。各テーブルの中央にこけしを円形に並べておいたんですけど、お客さんから『こけしサークルの圧が凄《すご》い』と言われてしまって……」

「こけしサークル」

こけしが円陣を組む様子を想像したのか、あるいはそんなこけしを不気味がる客の姿が目に浮かんだのか、東宮寺がおかしそうに喉の奥で笑う。

「どうして急にそんなことを……」

「少しでもお店の雰囲気を変えられたら、と思ったんですけど……難しいですね」

直文は肩を竦《すく》め、東宮寺をカウンター席に案内した。

「まだ時間ありますか？　よかったらコーヒーでも飲んでいってください」

「もう閉店の時間は過ぎたのでは？」

「そうですけど、お代をいただくつもりはないのでお気になさらず。せっかくお店に顔を出してくれたんですから……」

いそいそとキッチンへ向かおうとしたら、東宮寺にそっと手首を掴まれた。驚いて振り返ると、東宮寺に困ったような笑みを向けられる。

「……あまり特別扱いされてしまうと、調子に乗ってしまうので」

自分たちの他に誰もいない店内に、東宮寺の囁くような声が柔らかく響く。手首を掴まれているだけなのに指の先まで一瞬で熱くなって息が詰まった。

硬直する直文の手を引いて、東宮寺はカウンターのスツールに腰を下ろす。

「コーヒーはなくて構いませんから、少し隣に座って話をしませんか」

手首を掴む手を振り払うこともできず、おずおずとその隣に腰を下ろした。掴まれた手首はそのままカウンターテーブルに載せられ、上から東宮寺の手が重ねられる。

指先だけでなく、目の周りまで熱くなっていくようだ。静かな店内で、自分の心臓の音がうるさいほど耳につく。

東宮寺とつき合って半月。キスも、それ以上のことだってした仲ではあるが、その回数は極端に少ない。慣れないだけにこうして手を重ねているだけで心臓が落ち着きを失い、声を上げることすらできなくなる。そんな直文に、東宮寺は低く落ち着いた声で言った。

「新メニューを作ったり、こけしの配置を変えたり……ライバル店の存在が気がかりでじっとしていられませんか？」

東宮寺の声が近い。平常心をかき集め、ごくりと喉《のど》を鳴らしてから口を開いた。

「それも、あるんですが……東宮寺さんたちが熱心にライバル店の視察をしてくれるので、僕も何かしなくちゃと思って……。その、今やこの店は僕の生活を支えるだけでなく、東宮寺家の親子関係にも影響を及ぼす可能性を秘めていますし……」

歯切れの悪い直文の言葉に首を傾げ、「と言うと?」と東宮寺が身を乗り出してくる。ますます互いの距離が近づいて、ろくに東宮寺の方を見られず視線を落とした。

「これだけいろいろアドバイスをもらっているのに店を閉めることになったら、東宮寺さんの父親の威厳《いげん》に関わるかもしれないじゃないですか……?」

この店に対してアドバイスをする東宮寺に朝彦が尊敬の眼差し《まなざ》を向けていることを知っているだけに、店が潰れたらその尊敬の念まで崩壊しないかと心配だった。しどろもどろにそう伝えれば、東宮寺に声を立てて笑われる。

「そんな心配をしてくれていたんですか」

「しますよ、僕の店のせいで二人の親子関係に亀裂《きれつ》を作りたくないです」

「いや、そんな……」

肩を震わせて笑っていた東宮寺が、ふと口元を手で覆《おお》った。

「……確かに朝彦はこの店のファンですから、何かあったら私を責めるかもしれませんが」

「ほら、やっぱり!」

勢い込む直文を見て、東宮寺はおかしそうに目を細めた。

「だとしても、私の持ちうるコネを全部使って貴方の再就職先を見つけるよう迫られるくらいで、以前より親子関係が悪くなることはないと思いますよ」

重なっていた手をそっと握られ、喉元まで出ていた声が引っ込んだ。頭に浮かんでいた言葉も一瞬で霧散《むさん》して、自分が何を言おうとしていたのか思い出せない。

優しい力で直文の手を握り、東宮寺は口元を覆っていた手をどけた。

「貴方のおかげで朝彦との会話も増えました。今だって、毎晩のようにこの店を存続させるための作戦会議をしていますから」

形のいい唇を弓なりにして、東宮寺は「貴方のおかげです」と繰り返した。

「ぼ、僕は、きっかけを作っただけですよ……」

「それを感謝しているんです。ですからこれからもお節介《せっかい》を焼かせてください。……と言っても、この店は貴方が自然体で経営していれば大きく傾くこともなさそうですが」

「そうでしょうか……?」

カウンターの隅に置かれたこけしをちらりと見遣って眉を下げる。我ながら趣味に走った店だと思うし、これでいいのかと不安になることもあるが、東宮寺の視線は揺るがない。

「こけし好きなら電車を乗り継いででもこの店に来るでしょう。ここにはここの良さがあります。帰り際にもらえるおみくじだって、楽しみにしているお客さんは多いはずです。店長直筆のおみくじなんて珍しいですしね。恋みくじも新しい名物になるかもしれません。そういえば、くじの内容は決まりましたか？」

「それなら、一応いくつか文言を考えてみたんですが……」

東宮寺とつないでいない方の手をエプロンのポケットに入れ、小さなメモ帳を取り出した。仕事の合間に思いついた言葉を書き留めておいたものだ。

しかし書きかけの文章をいざ他人に見せるとなると照れくさい。直文が二の足を踏んでいると「見たいです」と東宮寺にねだられた。

「た、大したことはまだ書いてないので……」

「少しだけ、駄目ですか？」

俯いた直文の顔を、身を屈めた東宮寺が斜め下から覗き込んでくる。

囁くようなその声を聞いたら、耳元に火でも近づけられたかのように耳朶《じだ》が熱くなった。東宮寺に駄目かと訊かれ、強く駄目だと言い返せたためしなどない。以前も押し負けて流された。あれは確か、初めて東宮寺とベッドに入ったときのことだ。

駄目？　と耳元をくすぐるように囁かれたことを思い出し、この場にそぐわない不埒《ふらち》な記憶を追いやるように慌ただしくメモ帳を東宮寺に押し付けた。

「ど、どうぞ！　お好きに見てください……！」

「ありがとうございます」

メモ帳を受け取るときも、それをカウンターに置いてめくる間も、東宮寺の片手は直文の手に重ねられたままだ。手の甲からじわじわと体温が伝わってきて落ち着かない。空いている方の手でエプロンの端をいじっていたら、急に東宮寺に手を握りしめられた。どきりとして横目を向けると、東宮寺が口元に拳を当てて笑いを嚙み殺している。

「え、何か、そんなに面白いこと書いてありました？」

「……いいえ、すみません、笑ったりして。ただ、文字を目で追っているだけで貴方の声が聞こえてくるようだと思って」

直文は首を伸ばし、メモに書かれた言葉を自《みずか》ら読み上げた。

「頑張って強引に迫ってみるのも吉。とはいえ、無理は禁物《きんもつ》です」

至って普通の文面だと思ったが、東宮寺の目尻に寄った笑い皺《じわ》は深くなる。

笑われているのに、怒る気にも照れる気にもなれなかった。普段は物静かな東宮寺が満面の笑みを浮かべるのは珍しく、見惚れて「いやぁ」と気の抜けた声を出してしまう。

「迷ったんですよね……勇気を出して迫ってみるのもたまにはいいかな、とか、でも無理してすることでもないよな、とか。他人との距離の詰め方は人それぞれだよな、とか……」

「そうですね。このメモを眺めていても、悩みながらアドバイスをくれているのが伝わってきますよ。文字が揺れてる」

声を笑いで震わせながら東宮寺がこちらを向く。表情は柔らかく、うっかり目を逸らすタイミングを逸《いっ》した。

視線が絡んだ瞬間、指先まで一緒に搦《から》めとられる。それまで直文の手に重なっていただけだったのに、気がついたらカウンターの上で互いの掌を合わせて指を絡ませ合っていた。

東宮寺は相変わらず口元に笑みを浮かべているが、目の奥にちらつく色がそれまでと違う。朝彦の話をしていたときは父親然とした顔をしていたのに、急にその肩書を脱ぎ落としたかのようにまとう雰囲気ががらりと変わった。

一回り大きな手で直文の手を握り、東宮寺は軽く目を伏せてメモ帳に視線を落とす。

「恋みくじの内容、他にもいろいろ見てみたいですね」

「あ、あまり役に立つようなアドバイスは、ないと思いますけど……」

心臓の鼓動が声を揺らして、言葉尻が震えてしまった。東宮寺もそれに気づいたのか、形のいい唇にしっとりとした笑みが滲《にじ》む。

「でも、貴方の心が透けて見えるかもしれない」

目を伏せた東宮寺の頬に睫毛の影が落ちた。影の位置すら計算され尽くした美しい彫像《ちょうぞう》のようだ。長い睫毛がゆっくりと瞬《またた》いて、瞼の下から薄茶色の瞳が覗く。

相手を見ることに集中するあまり、相手から見られているという自覚が抜けた。東宮寺がゆるりと身を乗り出したことにすら気づかない。

「ここに書かれたアドバイスは、好きな相手に貴方が実践してみたいことですか？」

思ったよりも小さな声だった。にもかかわらずしっかりと耳に届く。それだけ東宮寺と自分の距離が近づいているのだと理解するのに時間がかかった。

あっと思ったときにはもう、目の前に東宮寺の顔が迫っている。

「――それとも、相手にしてほしいこと？」

メモ帳に走り書きした、少し強引に迫ってみてもいいかも、という言葉。乏《とぼ》しい恋愛経験の中からどうにかひねり出したそれは、少なからず自分の願望に沿っている。

少し強引に迫ってみたかったのか、迫ってほしかったのか。

判断もつかないうちに柔らかく唇をふさがれた。

店先なのに、と思ったが、強く手を握られるともう東宮寺の体を押し返せない。制止の言葉は、下唇を軽く吸い上げられてどこかに飛んでいってしまった。

キスをするのはいつ以来だろう。先週、あるいは先々週か。なかなか機会がないからこそ、少しだけ流されてしまいたくなった。

キスだけだ。それも重ねるだけの。

ほんの少しなら、と瞼を閉じたところで、唇の隙間を東宮寺の舌が割って入ってきた。

舌先がわずかに差し込まれただけで肩が跳ねる。濡れた粘膜《ねんまく》が触れ合ったのは一瞬だが、大きな舌で背筋をぞろりと舐め上げられたような感覚に呑まれた。

身を離そうとしたらつないでいた手を強く引かれ、勢い余って東宮寺の胸に倒れ込みそうになる。

抱きしめられる、と思った瞬間、唐突に東宮寺が動きを止めた。今にも直文の口内に深く押し入りそうになっていた舌も引き抜かれ、唇が離れる。

瞼を開けると、軽く眉根を寄せた東宮寺の顔が目の前にあった。

口に含んだ好物を無理やり吐き出させられたような顔だ。不満がありありと浮かぶ表情のままスラックスのポケットから携帯電話を取り出し、画面にさっと目を走らせる。

「……朝彦からメールが来ました。授業の後に友達と少し話があるので、十分ほど塾の外で待っていてほしいそうです」

「……あっ！　そうだ、朝彦君をお迎えに行かないと！」

思えば迎えに行くまでに少し時間があるからと店に寄ってくれたのだ。慌てて椅子から降りようとすると、携帯電話をカウンターに置いた東宮寺が片手を伸ばして直文の顎を摑んできた。

上向かされたと思ったら、掠《かす》めるようなキスをされる。

驚いて声も出ない直文を見下ろし、東宮寺はちらりと舌を出して自身の唇を舐めた。

「残念ですが、また今度」

「……っ、は、はい……」

声が裏返る。色気を帯びた東宮寺の前で、平静を装《よそお》うこともできない。

東宮寺はにこりと笑うと、直文とつないでいた手を名残惜《なごりお》し気に解いて椅子から立った。

「それでは、閉店後なのにお邪魔して失礼しました」

「い、いいえ、お構いもしませんで……」

俯いてろくに相手の顔を見られないまま、入り口に向かう東宮寺の後を追う。耳まで赤く染める直文とは対照的に、東宮寺はすっかり普段の調子だ。

「そういえば、明日はお休みですよね。第三水曜日ですから」

「そ、そうですね……」

「また温泉地でこけしを買ってくるんですか?」

「あ、え、ええと」

いつもなら連休は温泉地に一泊旅行へ行くのだが、今回は店でケーキ作りの練習をするつもりだ。しかし下手に『今月は行きません』などと言ってしまったら、何かあるのかと勘繰《かんぐ》られるかもしれない。ここは事実を伏せておこうと、直文はこくこくと頷いた。

「そうですか。せっかくなのでのんびりしてきてくださいね」

「は、はい、そうさせてもらいます……」

「ライバル店のことも、あまり気に病まないで大丈夫ですよ」

ドアの前で足を止め、東宮寺は落ち着いた声で言う。

「新しい店に客が集まるのは最初だけです。目新しさが薄れればあちらに流れた客足も戻ってくるでしょう。私たちが見ただけでも、あの店はいくつか問題点を抱えています。店長はあまり経営には詳しくないタイプのようですし、自滅《じめつ》を待ちましょう」

最後の言葉に反応して、直文は思わず東宮寺の顔を仰《あお》ぎ見てしまう。

東宮寺はいつものように優しい顔で笑っている。指を伸ばし、直文の髪を軽く撫でる仕草は慈《いつく》しむようだ。だからこそ、「自滅を待つ」という言葉の冷淡さに戸惑った。

「それでは、朝彦を迎えに行ってきます。お邪魔しました」

「は、はい、お気をつけて……」

からん、とカウベルを鳴らして東宮寺は店を出ていく。

直文は珍しく店から外に出ることなく東宮寺を見送った。誰もいない店内に立ち尽くし、自滅、と口の中で呟く。

競合店は少ない方がいい。ライバルが多ければ多いほど自分の店に来てくれる客が減るのだから。もっともだと思うのに、素直に相槌を打つことができなかった。

駅前に新しくできた店は同業で、ライバルだ。けれど同業者だからこそ、開店直後の慌ただしさと、その後に直面する継続の難しさが手に取るようにわかる。

客足が遠のいたライバル店を見て、やった！　と諸手《もろて》を挙げて喜べるだろうか。

（……こんなの、朝彦君だけじゃなくて東宮寺さんにも甘いって言われちゃうかな）

間違いなく言われるだろう。

わかっていても、直文には東宮寺のように割り切ることができなかった。

十一月の第三水曜日。月に一度の連休を、直文《なおふみ》はケーキ作りに費《つい》やした。

その日は朝から曇《くも》り空で、いつもより少し遅く起きた直文はシャツの上にフードつきのブルゾンを羽織って店に向かった。調理器具は自宅よりも店の方が揃っている。

間違って客が入ってこないように店の扉には鍵をかけたまま、キッチンの明かりだけつけて作業をした。ケーキの土台はなかなか膨《ふく》らまず、生クリームを泡立てるのも一苦労だったが、昨日よりはましになっている気がする。午後にももう一つ作ってみよう。

(飾りつけの果物、イチゴだけだと淋《さみ》しいかな)

土台に生クリームを塗るところまではなんとかできたが、クリームを絞《しぼ》ってデコレーションするだけの技術はない。せめて果物やチョコプレートなどを添えなければ地味すぎる。

今の時期、旬の果物はなんだろう。駅前の八百屋に行ってみればすぐわかるだろうと、直文は上着を羽織って身軽に店を出た。

駅前に向かう道すがら、朝にも増して空が暗いとは思った。今にも降り出しそうな空模様だ。足早に八百屋を目指したが、到着する前にぽつりと雨粒が頬に落ちる。

その後の天気の崩れ方は早かった。白く乾いたアスファルトの道路にぽつぽつと黒い水玉模様ができたと思ったら、あっという間に地面全体が黒で塗り潰されて、犬の底が割れたような雨が降り注ぐ。

慌ててフードをかぶって走り出したが、八百屋まであと少しというところで足元が白くけぶるほどの豪雨になり、たまらず目に付いた軒先《のきさき》に飛び込んだ。上着がびしょ濡れだ。

軒先で息を整えていると、駅の方から大柄な男性が走って来るのが見えた。直文と同じく急な雨に降られたのだろう。深く俯《うつむ》いて、一直線にこちらに駆け込んでくる。

「え、あ、うわ……っ！」

男性はろくに前も見ずに直文のいる軒先へ突っ込んできて、どっと互いの肩がぶつかった。不意打ちに対応しきれずよろけてしまい、背中からシャッターにぶつかって大きな音が響く。

軒下に駆け込んできた男はハッとしたように顔を上げ、大慌てで直文に頭を下げた。

「すみません！　人がいるとは思わなくて……！」

深々と頭を下げた男は見上げるほど背が高い。東宮寺《とうぐうじ》と同じくらいか、もっと高いだろうか。

水の滴る髪は見事な金色で、肌は浅黒く焼けていた。年は直文と近そうだ。

心配顔の男に「大丈夫ですか？」と顔を覗き込まれ、直文は胸の前で大きく手を振った。

「大丈夫です、よろけてシャッターにぶつかっただけなので。それより、びしょ濡れですけど大丈夫ですか？　タオルとかあります？」

相手は髪からも、黒いTシャツの裾《すそ》からもぽたぽたと水を垂らして、まるで海から上がったばかりのようだ。風邪でも引かないかと案じていると、男の顔にぱっと笑みが浮かんだ。

「俺なら大丈夫です、もう店に戻るだけなんで！」

日に焼けた顔に浮かんだのは、意外にも人懐《なつ》っこい笑顔だ。「店？」と訊き返せば、男は笑顔のまま直文が背中をぶつけたシャッターを指さした。

「ここ、うちのレストランなんです。開店したばかりなんで、よかったら今度寄ってみてくださいね。あいにく今日は定休日なんですが……」

「レストランって……『Retta』ですか？」

もしやと思って尋ねると、男の笑顔に輝きが増した。

「もしかして、うちのお店に来てくれたことあります？」

「いいえ、まだ行ったことはないんですが、噂には聞いていたので気になって……」

「えっ、嬉しいな！　よかったらちょっと寄ってきます？　お兄さんも雨で濡れてるみたいだし、体当たりしたお詫《わ》びも兼ねてタオル貸しますよ」

「い、いいんですか？　勝手に部外者が入ったら店長さんに怒られるんじゃ……」

尻込みする直文に、男は得意満面で親指を立ててみせた。

「問題ないです。俺がこの店の店長なんで！」

思わぬ展開でライバル店の店長と遭遇した直文は、半《なか》ば押し切られる形で店に足を踏み入れることになった。

金髪の男は北条《ほうじょう》と名乗り、その場でシャッターを上げて店内に直文を案内してくれる。若いのでてっきりアルバイトかと思ったが、正真正銘店長らしい。

店の床は黒いタイル張りで、テーブルは白。カウンターは落ち着いたダークブラウンだ。カウンターの奥にはずらりとワインの瓶《びん》が並んでいる。夜はバーのような雰囲気になるのかもしれない。

「しばらく雨宿りでもしていってください。良ければコーヒーも淹《い》れますよ」

バックヤードで濡れた服を着替えた北条は、直文にタオルを渡しながら気さくに言って湯を沸かし始めた。その姿を、直文はカウンター席からしげしげと眺める。

以前、朝彦《あさひこ》が北条を『ボクシングやってるアイドルみたい』と称していたが、言い得て妙だと思った。少し目尻の下がった大きな瞳に、高い鼻。笑顔こそ人懐っこいが、半袖《はんそで》から見える腕にはがっしりと筋肉がついて、シルエットだけ見ると近寄りがたい雰囲気もある。

「なんか、あんまりまじまじと見られると照れるんですけど。コーヒー淹れるところなんて見てててもそんなに楽しくないでしょ？」

うっかり凝視《ぎょうし》しすぎてしまったらしい。北条が照れくさそうな顔で笑う。

「興味深いです。僕も喫茶店をやってるので」

「えっ、バイトか何かで？」

「いえいえ、こう見えて店長です。だから参考にさせてもらおうと」

「え、えぇ……？　店長さん？　俺てっきり、大学生くらいかと……」

「よく言われます。もう二十六なんですが」

「えー、でもやっぱり若いは若いですね」と北条は感心したように呟く。

「北条さんこそお若く見えますよ。最初、バイトの人かと思いました」

「俺はもう三十ですよ。でも小僧扱いされること多いですね。この顔のせいかな」

北条が苦笑交じりに垂れた目尻を指さす。わかります、と直文も深く頷いた。

「お店をオープンしたばかりの頃は、仕入れ業者さんに値踏みされることも多くて……」

「やっぱりそういうのあるんですね。俺なんてヤンキーっぽく見えるのもよくないみたいで、最初はまともに話さえ聞いてもらえなかったですから」

「北条さん、金髪だからですかね？　でもヤンキーには見えないです。似合ってますよ」

「え、そうですか？」

「うちのお客さんは北条さんのこと、ボクシングやってるアイドルみたいだって言ってました」

「え……っ、え、それって……どういう？」

他愛《たわい》のない話をしているうちにコーヒーが出てきた。礼を言ってカップを受け取り、一口飲んで目を瞠《みは》る。

「うわ、負けた」

思わずそう口に出してしまったのは、お世辞ではなく美味《うま》かったからだ。北条は「喫茶店の店長があっさり敗北宣言していいんですか」と苦笑していたが、まんざらでもない顔だ。

「本当に美味《おい》しいです。どんな豆使ってるんですか？　あ、企業秘密ですかね？」

「いやいや、全然。近所で買った豆ですよ。駅の南にある焙煎《ばいせん》してくれるお店……」

「えっ！　もしかして『ジャック』さんですか？　うちと同じ仕入先じゃないですか！　あのお店、毎月第三日曜日は朝市やってるの知ってます？」

「えっ、えっ、なんですか、それ？」

　直文はこだわりもなく自分の知るお得情報を披露《ひろう》する。ぺらぺらと喋《しゃべ》る直文につられて北条も口が軽くなってきたのか、コーヒー豆の仕入先だけでなく、この店のことや自身のことについても喋り始めた。

　直文のお喋りは呼び水のようなものだ。いかにも口数の少なそうな相手でさえ、直文の話に耳を傾けているうちに自分語りを始めてしまう。葦《あし》の穴と呼ばれる所以《ゆえん》である。

　北条はもともとパティシエを目指していたらしい。製菓学校を卒業後、小さなレストランにパティシエとして就職したが、人手不足から調理にも携《たずさ》わるようになり料理人に目覚めたそうだ。その後は一から勉強をし直してホテルのレストランに転職したが、ホテルの支配人と意見が対立してケンカ別れのような形で独立したらしい。なかなか波乱万丈だ。

「せっかく雇われシェフじゃなくなったので、自分の店では好きなようにやってますよ。うちの店、ドルチェも全部手作りなんです。でも結構廃棄が出るのがきつくて」

「ケーキならテイクアウトとかどうです？　あ、箱詰めしてると人手が足りないかな」

「従業員は増やせないですしね。人件費が馬鹿にならなくて」

「わかります。うちは小さい店なんでなんとか一人でやりくりしてます。お客さんを待たせてしまうこともあるんですけど、人を雇うだけのお金は出なくて」

どちらからともなく溜息が漏れた。小さな飲食店の悩みなどどこも似たり寄ったりだ。

北条はカウンターの向こうから腕を伸ばすと、空になった直文のカップを取り上げ新しいコーヒーを注《つ》いだ。

「うちは開店したばっかりなんでまだお客さんが来てくれてますけど、年が明けたらどうなってるかわからないですよ。飲食店の廃業率は三年以内に七十パーセントだってさんざん脅《おど》されてたんでわかってたつもりですが、雇われシェフやってたときは気楽だったなぁって今になって思います」

コーヒーを差し出す北条の顔には濃い隈《くま》が出来ていた。出会い頭《がしら》はニコニコと笑っていたのでわからなかったが、かなり疲弊《ひへい》しているようだ。

店をオープンしたばかりで、まだ業務のひとつひとつがルーティン化していないのだろう。毎日試行錯誤を繰り返している真っ最中で、何をやるにも時間がかかって眠る時間も削《けず》っているに違いない。自分もそうだったのでよくわかる。

だからつい、いらぬお節介《せっかい》を焼いてしまった。

「このお店、女子トイレってどうなってます？」

ぼんやりと店内を眺めていた北条が我に返ったような顔をする。

「トイレに化粧ポーチを置く場所とかあるといいらしいですよ。洗面台のスペースが狭くて水が飛びやすいようだったら、壁に棚をつけたりして物を置けるようにしてみるとか」

「ああ、女の人ってトイレで化粧直しとかしますもんね」

「あと、爪楊枝《つまようじ》なんかも一緒に置いておくといいそうです。このお店、カップルがデートで使うことも多そうですし、恋人の前で爪楊枝を使うのに抵抗がある人も多いみたいですよ」

北条は目を丸くして、へぇ、と感心したような声を出す。

「うち、女性の従業員がいないんでそんなこと思いつきもしなかったです」

「あと、これも受け売りなんですけど、接客に差をつけるのはあまりよくないらしいです。一部のお客さんだけ優遇してしまうと、よくしてもらうのが当然だって相手に思われてしまう危険性も……」

そんなことあるんですか、と北条が目を丸くする。

東宮寺と朝彦が挙げていた問題点をいくつか指摘しているうちに、外はすっかり雨が上がっていた。長居が過ぎたかと、直文は慌ててコーヒーを飲み干す。

「すみません、全部聞きかじりなので、参考程度にとどめてもらえれば……」

「いえいえ、有意義なお話ありがとうございます。コーヒーだけじゃ足りないくらいですよ。お土産にケーキもお付けしましょうか？」

ケーキと聞いて直文は背筋を伸ばした。あの、と真剣な顔で身を乗り出す。

「お土産はいいので、ケーキの作り方とかちょっとアドバイスしてもらっていいですか？　お店に出すわけじゃないんですけど、個人的に作る予定がありまして」

「え、いいですよ。ばんばんアドバイスします」

「本当ですか！　じゃあ、お礼にこのお店のチラシとかうちに置かせてもらいますね！」

「それこそいいんですか。沢木《さわき》さんのお店、喫茶店と言いつつがっつり食事も出してるんですよね？　一応うち、ライバル店ですよ？」

「いいんです。うちの店はなんでもありなんです。こけしとか脈絡なく並んでますし、なんの御利益《ごりやく》もないおみくじなんかも配ったりしてますしね」

「御利益のないおみくじってなんですか、それ」

北条がおかしそうに笑う。ライバルと言いつつ、直文に向けられる笑顔は砕《くだ》けたものだ。

雨上がりの店内でケーキ作りのワンポイントレッスンが始まる。北条の言葉に相槌《あいづち》を打ちながら、できることならこの人とは、ライバルと言うよりよき同業者でありたいものだと直文は思った。


二連休が明けた金曜日。いつものように店に立っていると、夕方に朝彦がやってきた。

学校帰りなのだろう。ランドセルを背負った朝彦は自分の他に客のいない店内を見回して眉間を狭《せば》め、大股でカウンター席に向かって歩き出す。

「朝彦君、いらっしゃい。今日は寒いねぇ」

たまにはココアでも飲む？　と声をかけようとしたら、唐突に朝彦の足が止まった。目を見開いてレジの方を見ていると思ったら、急に方向転換してレジへ向かう。

「……っ、なんですか、これ！」

レジカウンターに近づいた朝彦が猛然《もうぜん》と摑んだのは一体のこけしだ。少し珍しい二頭身のこけしで、どことなくロシアの民芸品マトリョーシカとシルエットが似ている。朝彦の小さな手に収まるくらい小ぶりでありながら、存外どっしりとした重量がある逸品《いっぴん》だ。

「あっ、それは宮城の工人《こうじん》さんから買ったんだけどね、ちょっと珍しい弥次郎《やじろう》系で……」

「そんなことはどうでもいいんですよ！」

こけしに興味を持ってくれたのかと喜んだのも束《つか》の間、朝彦はこけしをカウンターに置き、その下にあったはがきサイズのチラシを指さした。こけしをペーパーウェイト代わりにしてレジ横に置いていたのは、北条の店のオープンを報《しら》せるチラシである。

朝彦はカラーのチラシを一枚取り、わなわなと手を震わせた。

「どうしてライバル店のチラシをこんなところに置いているんです……！」

「あ、そっち？　この前Rettaで雨宿りさせてもらったから、お礼にチラシを置かせてもらうことに……」

「はっ？　その程度のことでライバル店のチラシを？　だったらせめてあちらの店にもこけしの一体や二体は置いてきたんでしょうね!?」

「まさかぁ、あんなおしゃれなお店にこけしなんて置いたら浮いちゃうよ」

「何のんきに笑ってるんですか！　どうしてそういう見返りのないことをするんです!?」

見返りがないわけではない。北条のアドバイスのおかげでケーキはかなりふっくらと焼けるようになった。とはいえそれを朝彦に言うわけにもいかずもごもごと口ごもっていたら、店のドアのカウベルがからんと鳴って新たな客の来店を告げた。

「いらっしゃいませ」と振り返ると、小学校に上がったかどうかという幼い娘と母親が手をつないで店に入ってきた。母親は店内に並ぶこけしを見て少し驚いたような顔をしてから、おずおずと直文に尋ねる。

「あの……このお店ってケーキとか、ありますか？」

「いえ、ケーキは扱ってないんですが」

母親は落胆したような顔をして、足元にいる娘に声をかけた。

「なっちゃん、ケーキないって。ジュースでもいい？」

尋ねられた幼い娘は、無表情で首を横に振る。

「じゃあ、ケーキ買ってお家で食べようか？」

またしても娘が首を横に振った。どうやら家の外でケーキが食べたいようだ。

「でもなっちゃん、駅前の喫茶店はもうケーキが売り切れで……」

「ケーキ食べて帰るの！」

母親の声を遮《さえぎ》るように娘が叫ぶ。一切聞く耳を持たない頑《かたく》なな表情だ。

母親は途方に暮れたように娘を見下ろし、重たい足取りで店を出ていこうとする。疲弊《ひへい》しきった背中を見ていられず、とっさに母親を呼び止めた。

「あの、駅前にあるRettaってお店は行ってみましたか？」

隣にいた朝彦がぎょっとしたようにこちらを見た。直文は踵《きびす》を返すと、レジ横に置いていたチラシを持って母親のもとに戻る。

「最近オープンしたイタリアンレストランなんですけど、ケーキの種類がたくさんあるんですよ。地図も載ってるので、よかったら」

母親はチラシを受け取り、それから娘に視線を落とす。

「どうする？　行ってみる？　ここから少し歩くけど……」

「行く」

即答だ。母親は溜息とも苦笑ともつかないものを漏らし、直文に軽く頭を下げる。

「ありがとうございます、行ってみます。……すみません、お店で大騒ぎしてしまって」

「お役に立てたなら何よりです。雰囲気のいいお店なので、きっとお母さんものんびりできると思いますよ」

疲れた顔の母親に笑いかけて二人を見送り、店内を振り返ってびくりと肩を跳ね上げた。朝彦が額に青筋を立ててこちらを睨んでいたからだ。

「……敵に塩を送ってどうするつもりです！」

低く押し殺した声はあっという間に大きくなって、最後は力いっぱい怒鳴りつけられた。直文は肩をすぼめて朝彦に歩み寄る。

「だってあの子、どうあってもお店でケーキを食べるまで納得しないって顔してたから。お母さんも疲れ果ててたし」

「だからってどうしてライバル店を紹介するんです⁉」

「どうせだったら美味しいケーキのほうがいいかなって思って。いや、あのお店のケーキは食べたことないんだけど、店長がパティシエを目指していたくらいだからきっと……」

朝彦が体の脇でぎゅっと拳《こぶし》を握りしめた。直文を睨み上げ、ふいに声のトーンを落とす。

「貴方《あなた》に危機感が足りないのはわかっていたつもりでしたが、ここまでとは思いませんでした。僕らがどれだけ必死でこの店のために情報収集しているかも知らないで……」

「それはもちろん感謝してるよ！　でも、あのお母さん困ってたみたいだし、ライバル店といえども同業者だし……」

「競合《きょうごう》相手に仏心《ほとけごころ》なんて出していられるほどの余裕がこの店にあるんですか！」

一喝《いっかつ》されて口ごもる。直文の店にだって余裕などない。人件費が払えないからと無理を承知で一人で店を回しているくらいだ。

「ライバルをライバルとも思ってないその心構えがよくないんですよ！　貴方がそういうつもりでいるなら、来週の作戦会議なんて必要ありませんね」

「えっ、そ、それは……！」

朝彦はランドセルを背負い直すと、手にしていたチラシをレジカウンターに叩きつけた。

「貴方はライバル店にどの程度人が入ってるのかなんて関心もないんでしょう。自分の店に来た客にさえライバル店を紹介しているくらいですからね。貴方がそんな調子じゃあ、あの店の客入りに一喜一憂している僕たち親子がバカみたいじゃないですか！」

言い捨てて、朝彦は店を飛び出していってしまう。慌てて追いかけようとしたが、こんな時に限って新しい客がやって来て二の足を踏んだ。本当はすぐにでも朝彦を追いかけたかったが、せっかく来てくれた客を放り出すわけにもいかない。

迷ったのは一瞬で、直文は気持ちを切り替えて客をテーブル席に案内した。

きっと朝彦は、今直文に追いかけてこられても喜ばないだろう。それどころか、客を置いてきたなどと知ったら烈火《れっか》のごとく怒るはずだ。

（朝彦君は、これまでだってこの店のためにたくさん情報を集めて、店が潰れないようにアドバイスしてきてくれたんだから）

接客を疎《おろそ》かにして店の評判など落とせない。これまでの朝彦の労力を無下にしてしまう。

表向きは笑顔で注文を取りながら、でも、と直文は思う。

（僕の店が生き残るためには、他の店を蹴落《けお》とすしか方法はないのかな……）

もっと違うやり方もあるのではないか。そう思ってみるものの、だったらどんなやり方があるのだと朝彦に問い詰められたら上手く答えられる気がしない。

思いを言葉にすることは難しく、直文はもどかしい気分で溜息を押し殺した。


朝彦は本気で腹を立ててしまったらしく、翌日の土曜日も店に顔を出さなかった。朝彦だけでなく東宮寺も来ない。もしかすると朝彦から事の顚末《てんまつ》を聞き、呆れて匙《さじ》を投げてしまったのかもしれない。

東宮寺のメールアドレスならわかっている。連絡をするべきか悩んでいるうちに夜も更《ふ》け、土曜の営業時間は終わってしまった。

結局二人とも来なかったな、としょんぼりしながら店を出て、扉にかかったプレートを裏返していたら、暗がりから「沢木さん」と声をかけられた。

聞き覚えのある声に顔を上げれば、街灯の灯《とも》る夜道を東宮寺が歩いている。直文と目が合うと、切れ長の目元に笑みが浮かんだ。

それだけで、気が緩《ゆる》んでその場にしゃがみ込んでしまいそうになった。それをなんとかこらえて東宮寺のもとへと駆け寄る。

「あの、朝彦君は……?」

「私の実家に行っています。なんだか昨日の夜から機嫌が悪くて、貴方の店にも行かないと言い張るものですから」

やはり、と肩を落とし、おずおずと視線を上げて東宮寺に尋ねた。

「不機嫌な理由、朝彦君から聞きましたか……?」

「ええ。大まかにですが」

ならば東宮寺も怒っているのでは、と思ったが、意外にもその顔に浮かんでいたのは優しい微苦笑だった。

「ケーキを食べたいとぐずっている子供の親に、ライバル店を紹介したそうですね」

「……はい。すみません、敵に塩を送りました」

「敵に塩を送ってでも、目の前の母親を放っておけなかったんでしょう」

問いかけるというより、確かめるような口調だった。不安定にゆらゆらと揺れていた直文の視線がしっかりと自分の方を向くのを待って、東宮寺は続ける。

「小さい子供を大人の理屈で説得するのは難しいですからね。朝彦も小さい頃は、一度決めたらやり遂げるまで梃子《てこ》でも動かなくて難儀《なんぎ》させられました。毎日へとへとでしたよ」

言いながら懐かしそうに目を細める。まだ朝彦の手を引いて歩いていた頃のことでも思い出しているのかもしれない。大事なものを見詰めるような表情だった。

優しい笑顔に見惚《みと》れていたら、東宮寺がこちらの顔を覗き込んできた。

「小さい頃から大人たちの愚痴《ぐち》を聞くともなしに聞いてきた貴方だから、世の親たちがどれほど子育てに悪戦苦闘しているかわかってしまって放っておけなかったのでは？」

直文自身上手く言葉にできなかった気持ちを、東宮寺はちゃんとすくい上げてくれる。わかってくれる人がいると思うとこんなに心強い。ほっとして、子供のように無言で頷いてしまった。

「朝彦も頭では理解していると思うのですが、癇癪《かんしゃく》を起してしまったようですみません」

「いえ、朝彦君の言うことも一理あるんです……。というか、むしろ筋が通っているのは朝彦君の方で……」

直文はエプロンの胸元を握りしめて言葉を探す。

上手く説明できるかわからないが、東宮寺ならわかってくれるのではないかと一縷《いちる》の希望が湧いてきて、懸命に想いを口にした。

「新しくできたイタリアンレストランも、ライバル店なのはわかってるんです。わかってるんですけど、蹴落としたいわけじゃなくてですね……。店長の北条さんとも喋ってみたんですが、いい人で……。な、仲良くしたいと思うのは、駄目でしょうか」

ちらりと東宮寺を見上げると、なんとも複雑な顔を向けられてしまった。

「……仲良く、ですか」

「そうです。だって、僕の店だけ生き残っても……」

直文が言いかけたとき、再び夜道の向こうから「沢木さん」と直文を呼ぶ声がした。視線を向けると、黒のブルゾンを羽織った大柄な男がこちらに向かって駆けてくる。街灯の光が見事な金髪を照らし、顔を確認するより先に北条だとわかった。

東宮寺も北条の顔は当然知っているので、その姿を認めた瞬間ぐっと横顔が険《けわ》しくなった。やはり東宮寺親子にとって、ライバル店の店長は敵とみなされているらしい。

当の北条は東宮寺の表情の変化に気づかない。ぺこりと東宮寺に会釈《えしゃく》をして、すぐさま直文に笑顔を向けてくる。

「もうお店閉まってる時間ですよね？　ちょっといいですか、この前頼まれてたもの持ってきたんですけど……」

そう言って北条は小さなタッパーをかざした。瞬間、直文は勢いよく北条の腕を摑んで店の中に引きずり込む。

これには北条だけでなく、東宮寺も驚いた顔で目を丸くした。

思うより早く体が動いてしまっただけに不自然な行動を隠すこともできず、直文は裏返った声を上げた。

「とっ、とりあえず、中へどうぞ！　東宮寺さん、ちょっと座って待っててもらっていいですか！　北条さんは……」

「あ、俺はすぐ帰ります。店を抜けて来たんで。これだけ届けに来たんですよ。ほら、ケーキのことで相談されたじゃないですか。あの日、沢木さんが帰った後に作ってみたんです。ちょうど店も休みだったもので。これなんですが……」

「北条さんはちょっとキッチンに来てもらえますか！」

強引に北条の言葉を遮って、半《なか》ば力ずくでキッチンへ連れ込んだ。会話の内容が東宮寺に聞こえぬよう声を潜《ひそ》める。

「ちょっと、どうしたんですか沢木さん……」

「す、すみません、また今度ご説明します……！　とりあえず、小声でお願いします」

キッチンの奥で二人してぼそぼそとやり取りすること数分。最後に北条に深く頭を下げ、直文は北条を伴《ともな》いキッチンを出た。

東宮寺は、どの席に腰掛けることもなく窓辺に立って店の外を見ていた。キッチンから出て来た二人に気づいて振り返り、軽く会釈をしてくれたものの表情はない。

ひやひやしつつも北条を見送るべく店のドアを開けると、長い脚でひょいと敷居をまたいだ北条が振り返って笑った。

「そうだ、この間のアドバイスありがとうございます。女子トイレに爪楊枝置いておくの、地味に喜ばれました」

店のドアを大きく開いたまま、直文はぎくりと背中を強張《こわば》らせた。小さく首を振って礼など要《い》らないと伝えてみたが、残念なことに北条には伝わらない。

「それから接客に差をつけるなっていうのも、店のスタッフに周知させておきましたんで。本当にありがとうございます」

直文はもう声も出ない。店の中にいる東宮寺がどんな顔をしているのか想像するだけで怖い。東宮寺が指摘した問題点だけでなく、その改善方法までもがライバル店に漏れているのだ。しかもそれを漏らしたのは直文である。心中穏やかでないだろう。

直文の笑顔は強張っていく一方だが、北条はそんなものには気づかぬ様子で機嫌よく笑って直文に顔を寄せてきた。少しだけ声のトーンを落とし、内緒話でもするように囁く。

「今度またゆっくりお茶でも飲みに来るんで。そのときは、おみくじ引かせてもらっていいですか。恋みくじとかあるんですよね？」

「こ、恋みくじ、でいいんですか……？」

「ええ、ちょっと、験担《げんかつ》ぎというか……片想い中で」

そう言って、北条は照れくさそうな顔で笑った。

微笑ましい話題だ。できれば詳しく聞きたかったし、なんなら背中も押したかったが、北条は店を抜けているので慌ただしく、何より背中に突き刺さる東宮寺の視線が痛い。

それじゃあ、と大きく手を振り走り去る北条に、力なく手を振り返す。

夜道に響く北条の足音がすっかり聞こえなくなると、背後で東宮寺がぽつりと言った。

「彼の片想いの相手というのは？」

思ったよりも近くから声が聞こえて肩をびくつかせてしまった。振り返れば、大股一歩で距離を詰められる場所に東宮寺が立っていて、無自覚に体を引いてしまう。

「さ、さあ、そんな話は初めて聞くので、相手はさっぱり……」

後ろ暗いところがあるので視線が定まらない。まさかこんなタイミングで北条が来るとは。

とりあえず笑ってみたが、東宮寺は目を細めることすらせずキッチンへと視線を向けた。

「Retta の店長は、パティシエを目指していたそうですね。朝彦が言っていました」

「は、はい、お店のケーキも全部自分で作ってるそうです」

「この店でも、ケーキをメニューに追加するんですか？　私は止めたはずですが」

東宮寺の声は淡々としている。怒りを含んでいるわけではないのだけれど、普段の声が穏やかで優しいだけに緊張した。

ごくりと唾《つば》を飲んだ直文を目の端で捉え、東宮寺は抑揚《よくよう》のない声で言う。

「ケーキを出すようあの方に勧められましたか？　彼のアドバイスの方が有益《ゆうえき》でしたか」

「まさか！」

そういうことではないのだと説明しようとしたが、こちらを向いた東宮寺の顔を見たら怯《ひる》んで声が引っ込んだ。感情を窺わせない冷え冷えとした表情だ。それでいて、直文の言葉を強くはねつける意思だけは伝わってくる。

「あの店の定休日は水曜だったはずです。今週は温泉に行かなかったんですか？」

直文は息を呑む。ただでさえ嘘が下手なのでとっさにリカバーできない。

「それは、あの……急遽《きゅうきょ》予定を変更しまして、旅行は中止に……」

「あの店に行くために旅行をやめたんですか」

「いえ、店に行ったのは偶然で、急に雨が降って来たので雨宿りをさせてもらっただけで」

「本当に偶然ですか？　あの店長は貴方が来るのをわかっていて、休みなのに店で待機していたのでは？」

「え？　いえ、そういうことではなくてですね……」

あらぬ疑いをかけられて困惑する。前日まで旅行に行くと言っていたのに行動を変えたので不審に思われたのだろうか。本当に偶然なので同じ言葉を繰り返すことしかできない。慣れない嘘などつくものではなかったと後悔する。

東宮寺は小さく溜息をつくと、今度は店のドアへと目を向けた。

「ライバル店の店長と、随分仲良くなったみたいですね」

「そう、ですね……気さくな方なので。同年代ですし、店がオープンしたばかりで大変なのもわかりますし……」

「まあ、私よりは彼の方がずっと年も近いですしね……」

東宮寺の言葉尻が溜息に溶ける。ドアの向こうに消えていった北条の姿を透かし見るように目を細め、ゆっくりと直文を振り返った。

「ひとつだけ、言わせてください。化粧室のアドバイスはこの店のためにしたんです。貴方の店だから」

「は、はい。すみません……」

「私のアドバイスを、彼と親しくするためのダシに使わないでください」

東宮寺の顔を直視できず目を伏せがちにしていた直文だが、さすがに驚いて顔を上げた。

「そんなんじゃないです！」

とっさに上げた声は、自分で思ったよりもずっと大きくなってしまった。

必死さの滲《にじ》むその声に、東宮寺もはっとしたような顔になって口をつぐんだ。普段は穏やかな顔に珍しくばつの悪そうな表情が浮かんで、ぎこちなく直文から顔を背《そむ》ける。

「……すみません、少し頭を冷やします。今日のところは、帰りますね」

言うが早いか踵を返し、直文が呼び止める間もなく店を出ていってしまう。

直文だけが取り残された店内に、からん、とカウベルの音が響く。

東宮寺の怒ったような顔を見るのは初めてだ。謝らなければ、と思った。けれど、北条に東宮寺のアドバイスを伝えるのは、そんなに悪いことだっただろうか。

口先だけで謝るのは簡単だ。だがその後に行動が伴わなければ誠実ではない。

何からどう謝ればいいのか迷ってしまって、動き出すのに時間がかかった。

しばらくして、直文はのろのろとドアに近づき外に出る。

けれどもう、長く伸びる夜道のどこにも東宮寺の姿を見つけることはできなかった。


それから丸一週間、東宮寺《とうぐうじ》親子が直文《なおふみ》の店にやって来ることは一度もなかった。

そしてこの一週間、直文もひとりで考えた。東宮寺と朝彦《あさひこ》を怒らせた原因や、自分がこれからどうするべきかを。

（二人の気持ちを考えれば、怒るのは当然なんだよな……）

土曜日の夕暮れ。直文はレジカウンターの裏に椅子を持ち込んでカウンターに突っ伏している。客はいない。昼時は久々にほぼ満席になったが、外で席が空くのを待つ人ができるほどではなかった。少しだけ客足は戻った気がするが、以前よりは少ないままだ。

午後の営業を始めてからは、まだ誰も客が来ていない。今月も残すところあと三日だが、先月と比べるまでもなく売り上げが落ちているのは明白だ。

東宮寺たちがいなかったらきっとひどくうろたえていただろうと思う。駅前に新しい店ができた情報や、その影響がどれほど周囲の店に及ぶのかを教えてもらい、「しばらく静観していて大丈夫だ」と言ってもらえたからこそ泰然《たいぜん》と構えていられたのだ。

二人が店に持ち込んだ資料は分厚《ぶあつ》かった。朝彦は学校帰りに何度もRettaへ視察に行っていたようだし、東宮寺も仕事の合間にわざわざランチを食べに行ったらしい。

(そこまでしてうちの店を存続させようとしてくれてたのに、当の僕が敵に塩を送ってるんだから、そりゃ怒るよな……)

自分の行動は無神経すぎた。この一週間で改めてそれを反省し、謝りたいと思ってはいるのだが、できればメールではなく直接会って謝りたい。

直文はのそのそと顔を上げ、エプロンのポケットから携帯電話を取り出した。東宮寺にはすでにメールを送っている。先週の土曜、東宮寺が帰ってしまったすぐ後だ。

『来週の作戦会議の日は少し早めに店を閉めますので、朝彦君と一緒にぜひ来てください。謝罪もさせてください』と送ってはあるのだが、東宮寺からの返事は『わかりました』というひどく素《そ》っ気《け》ないものだった。

(もしかしたら、来てくれないかもしれない。朝彦君はもう作戦会議はしないってはっきり言ってたし……)

直接会ってからなんて悠長なことは言わず、今すぐ東宮寺に電話でもなんでもして謝るべきか。二人が住んでいるマンションを直接訪ねることだってできる。

この一週間、何度もそう思った。でも実行に移せなかった。

直文は携帯電話をポケットにしまうと、レジカウンターに置かれていたおみくじの箱を取り出した。赤い箱は恋みくじだ。中にはこの一週間で用意したおみくじが入っている。

箱の中に手を入れ、がさがさと中身をかきまぜて一枚引き抜く。真剣な顔でそれを開いて、天を仰《あお》いだ。おみくじの文面が『焦《あせ》らず慎重に行くと吉《きち》』だったからだ。

自分で書いた文章だ。御利益《ごりやく》などない。わかっていても足踏みするのは、すでに同じような文面のおみくじを三回も引いているせいだった。

『行動あるのみ』だとか『勇気を出して電話をすると大吉』だとか背中を押すような内容も入れているはずなのに、狙ったように『今は待て』『動けば転ぶ』『焦りは禁物《きんもつ》』なんてものばかりが出てくる。偶然にしたって無視できない。今日も今日とて考え込んでいるうちに夜が更《ふ》けていく。

店の外には『誠に勝手ながら本日は十九時の閉店となっております』と書いた紙を貼っておいた。幸い――と言っていいのかわからないが午後も客は少なく、のんびりと夕食を食べていく客もいなかったので時間通りに店を閉める。

洗い物や掃除をしながらそわそわと時計を見た。東宮寺には二十時ぴったりに来てもらって大丈夫だと伝えてあるが、来てくれるだろうか。

片づけを終えてしまうとやることもなく、何度もエプロンのポケットから携帯電話を取り出した。特に連絡がないということは、来てくれるということでいいのだろうか。

じっとしていられず店を出れば、冬の冷たい風が頬を打った。薄いワイシャツ一枚では夜風の冷たさを防ぐことなどできず、ぶるりと背筋が震えた。指先も一瞬で熱を失い、両手を忙《せわ》しなくこすり合わせる。

来るだろうか。来ないかもしれない。

『もういいです』と言い捨てて店を飛び出した朝彦の顔と、『帰ります』と踵《きびす》を返した東宮寺の顔が何度も頭にちらついた。

もう一度、メールを送ってみようか。でもあまりしつこいのはよくないか。

エプロンのポケットに手を入れたはいいものの携帯電話を取り出すことができず俯《うつむ》いたとき、小さな足音が耳に飛び込んできた。

はっとして顔を上げれば、夜道に見慣れたシルエットが二つ。長身の男性と小柄な少年は、東宮寺と朝彦で間違いない。

店先に立つ直文に先に気づいたのは朝彦だ。ダウンジャケットで着膨《きぶく》れした朝彦は直文を見ると信じられないと言いたげな顔をして、力強く地面を蹴《け》りこちらに駆けて来る。そして直文が口を開く前に声を張り上げた。

「まさか外で待ってたんですか？　いつから？　そんな薄着で何考えてるんです！」

「ついさっきからだよ、それよりも来てくれてありがとう。もしかしたらもう来てくれないいんじゃないかって心配してたんだ」

満面の笑みで朝彦に告げれば、居心地悪そうに目を逸《そ》らされてしまった。

「……どっちでもよかったんですけど、朝から父が苛々《いらいら》していて敵《かな》わないので」

「そわそわと落ち着きがなかったのはお前の方だろう」

東宮寺も追いついて口を挟んできた。朝彦の隣で立ち止まり、まっすぐに直文を見る顔はいつになく真剣だ。東宮寺はきちんと爪先《つまさき》を直文に向けると、軽く頭を下げた。

「沢木《さわき》さん、すみません。先日は……」

「待ってください」

東宮寺の言葉を遮《さえぎ》り一歩前に出た。中途半端に腰を折った東宮寺が顔を上げるのを待って、一息に告げる。

「お二人が情報をかき集めて立ててくれた戦略や予測を、勝手によそに流した僕が悪かったんです。考えが足りませんでした、ごめんなさい」

二人に向かって勢いよく頭を下げ、その体勢のまま続けて言った。

「東宮寺さんたちがあまりにも頓着《とんちゃく》なく知識や情報を与えてくれるので勘違いしていました。軽々しく口外《こうがい》していいものじゃなかったと思います。本来なら対価が必要なくらいなのに」

「ちょっと、やめてくださいよ……！」

朝彦が小さな体を屈《かが》め、焦ったように直文の顔を覗き込んでくる。

「対価なんていりません。僕たちが勝手にやってるだけなんですから」

直文は顔を上げ、朝彦の顔を見返して言った。

「だとしても、二人が大事な時間を使ってくれてるのは変わらない。あの資料を完成させるまでにどれだけ時間がかかったのか、僕はちゃんと想像できてなかった」

背筋を伸ばし、もう一度東宮寺親子に向かって頭を下げる。

「今までそのお礼もしないで、お二人の好意に胡坐《あぐら》をかいていました。本当にすみません」

思いがけず真剣な謝罪を受けた二人はしばし絶句して、思い出したようにおろおろと直文に声をかけてきた。

「沢木さん、顔を上げてください。お礼もお詫《わ》びもいりません。頼まれてもいないのに私たちが勝手にやっていたことなんですから」

「そうですよ。そんなふうに謝られたりしたら、僕らだってもう余計なお節介《せっかい》が出来なくなるじゃないですか」

朝彦が直文の腕を摑んで揺さぶってくる。少しだけ顔を上げてみれば必死の形相《ぎょうそう》でこちらを覗き込む朝彦と目が合って、直文は微《かす》かに笑った。

「余計じゃないよ。お節介でもない。凄《すご》く心強かった」

囁くような声で言って、直文は勢いよく身を起こした。

「なので今日は、作戦会議の前にお詫びとお礼をさせてください！」

うろたえた顔をする二人を問答無用で店内に通し、テーブル席に座るよう促《うなが》した。

「もう夕飯は済んでますよね？　ちょっと座って待っててください、すぐ戻りますから」

直文はキッチンに引っ込むと、準備しておいたケーキを冷蔵庫から取り出した。東宮寺たちがテーブルについたのを確認して、キッチンのスイッチで店内の明かりを消す。

闇の中、うわ、と小さな声がした。朝彦のものだろう。

直文はケーキの載った皿を持ち上げると、足元を確かめながらキッチンを出た。二人が同時にこちらを見るのが気配でわかる。闇の中でも直文の動きだけはよく見えるはずだ。直文が持っているのは大きなホールケーキで、火のついたろうそくが刺さっているのだから。

「朝彦君、誕生日おめでとう」

五号サイズのケーキはイチゴとブルーベリーで飾られ、チョコプレートも置かれている。プレートにはホワイトチョコで朝彦の名と『たんじょうびおめでとう』の文字を書いた。直文が書いたので多少字が歪《ゆが》んでいるが判読は可能だろう。

二人の座るテーブルにケーキを置くと、ろうそくの明かりではっきりと朝彦の表情が見えた。呆気《あっけ》にとられた顔で目を丸くしている。隣に座る東宮寺も似たような顔だ。

「ちょっと早いけど、おめでとう。本当は明後日《あさって》だよね？」

「なんで……僕の誕生日なんて……」

「この前、お店で英語のプリントやってたときに見ちゃったから」

啞然とした様子でケーキを凝視《ぎょうし》していた朝彦が直文を見上げ、もの言いたげに口を動かす。

しかしすぐには言葉が出なかったようで再びケーキに顔を戻し、ふと何かに気づいたような顔をして、今度は急に気が抜けたように肩から力を抜いた。

「これ、店長の手作りですね……」

「あ、やっぱりわかった？　ごめんね、素人《しろうと》だから上手くクリームが塗れなくて」

「そこじゃありませんよ」

呆れたような口調で言って、朝彦はケーキの中央を指さす。

「こんなもの、その辺のケーキ屋で準備できるわけないじゃないですか」

朝彦が指さしたのは、ケーキの中央に置かれたチョコプレートだ。その横にちょこんと据《す》えられているのは、小指サイズのこけしである。ろうそくの光を受けて金色に輝くこけしには目鼻も描かれ、笑顔と無表情の中間のような表現しがたい表情を浮かべていた。

朝彦はケーキに顔を近づけ、しげしげとこけしを見詰めた。

「なんですか、これ。マジパン？　にしては、きらきらしているような……」

「飴細工《あめざいく》だよ。Rettaの店長が作ってくれたんだ」

Rettaの名を出した途端、東宮寺と朝彦が揃ってこちらを見た。また怒らせてしまうかもしれないと思ったが、下手にごまかすとろくなことにならないことは重々学習したので素直に経《い》緯《い》を説明した。

「店長の北条《ほうじょう》さんが、飴細工が得意だって言うから作ってもらったんだ。せっかくの誕生日だし、少しでもケーキを華やかにできないかなって思って。『こけしとか作れますか？』って訊いてみたら面白がってくれて、わざわざ試作品まで持ってきてくれて……」

「試作品って……もしかして、Rettaの店長が先週ここに来ていたのも？」

直文の言葉を聞きつけた東宮寺が顔色を変える。頷けば、ますますその顔が強張《こわば》った。

「じゃあ、前に店でケーキを焼いていたのも新メニューにするわけではなく……」

「今日のために練習してたんです。先週の連休も、ずっとケーキ作りの準備をしてました。あの、旅行に行くって嘘をついたのは、すみません。サプライズにしたくて……」

ろうそくの光が東宮寺の愕然《がくぜん》とした顔を照らしだす。その顔に何かを悔いるような表情がよぎったと思ったら、東宮寺は片手で顔を覆《おお》ってしまった。

どうかしたのかと尋ねようとした矢先、朝彦が釈然としない顔で声を上げた。

「なんで僕の誕生日ケーキなのに、僕の好きなものじゃなくて貴方《あなた》の好きなものを載せてるんです？」

「ん？　あっ、言われてみれば……」

正論だ。今の今まで思いつかなかった。

「いや、でも、見てこれ。前に東宮寺さんが買ってきてくれた蔵王《ざおう》系と同じ山形県で作られた山形系のこけしでね、北条さんにも実物を見てもらって、かなり忠実に作ってもらったんだけど、これちょっと朝彦君に似てるかなって」

「僕の顔がこんな間抜けだって言うんですか？」

「か、顔というか、サイズ感がね？　蔵王系と並べると親子みたいだから、朝彦君と東宮寺さんみたいだなぁって……」

あたふたと言い訳をする直文を朝彦がじっとりと睨む。しばらく仏頂面《ぶっちょうづら》で黙っていたが、最後は呆れたように小さく溜息をついた。

「……まあ、いいですよ。貴方らしくて」

呟いて、朝彦は椅子に凭《もた》れてケーキを眺める。ぞんざいな口調とは裏腹にその口元に柔らかな笑みが浮かんでいることに気づき、直文は胸を撫で下ろした。

「それじゃ、早速《さっそく》誕生日の歌でも歌おうか」

お約束、とばかり直文が手拍子を打つと、朝彦がぎょっとしたように目を剝《む》いた。

「は？　やめてくださいよ、恥ずかしい」

「でも、ろうそくの火を吹き消さないと」

「歌わなくても消せるでしょう」

「せっかく電気も消したことだし。ほら、ハッピバースデー……」

「やめてくださいってば！」

手を叩いて歌い始めた直文を朝彦は止めようとしたが、いつの間にか顔から手を下ろしていた東宮寺まで一緒に手を叩き出したので止めきれなかったようだ。直文と東宮寺の歌を居心地悪そうな顔で聴き、最後はやけくそじみた勢いでろうそくの火を吹き消した。闇の中に、拍手の音とろうそくの芯の燃える匂い、おめでとう、という声が柔らかく響いた。

店の明かりをつけると、直文は早速飲み物の準備をしてケーキを切り分ける。

「三等分にしたら食べきれるかな。朝彦君は一番大きいのにしよう」

「……食べきれませんよ、そんなに」

「こけしもつけるね。チョコプレートも。僕のイチゴもあげよう」

「ボリューム増えてるじゃないですか、人の話聞いてます?」

ケーキを各人の皿に置き、誰からともなく「いただきます」と手を合わせてフォークを取る。

そわそわと二人の様子を見守っていると、まずは朝彦が意外そうに目を見開いた。

「美味《おい》しいですね」

「ほ、本当?」

「ええ。つけ焼刃《やきば》にしては立派です」

「こら、朝彦」

無遠慮な朝彦をいつものように窘《たしな》めてから、東宮寺が直文へと顔を向ける。

「私も美味しいと思いました。ケーキまで作れるなんて、凄《すご》いですね」

直文の目を見てそう言ってくれた東宮寺はいつもの優しい笑顔を浮かべていて、無自覚に力を入れっぱなしだった肩から力《りき》みが抜けた。ようやく自分もケーキを口に運ぶ。

「あ、本当だ、成功ですね。お菓子って味見ができないので難しくて。最初はスポンジも膨らまなくて困ってたんですけど、北条さんにいろいろアドバイスをもらいまして……」

「Retta の店長ですか」

北条の名を出しても、東宮寺の声にもう不要な棘《とげ》が立つことはない。それでもつい東宮寺の顔色を窺ってしまって、直文は肩をすぼめた。

「すみません、お二人にはうちの店のために手を尽くしてもらったのに、ライバル店の店長と仲良くなってしまって……」

「仕方ないですよ、貴方お人好しなんですから」

ケーキを食べながら朝彦が諦めたような口調で言う。東宮寺だけが真剣な顔でこちらを見ていて、直文は手の中でフォークをいじりながら「でも」と続けた。

「決して自分の店を蔑《ないがし》ろにしていたわけじゃないんです。もちろん、うちにもお客さんは入ってほしいんですが、それよりも……この近くに住んでいる人たちに、気楽に外でご飯を食べてほしくてですね……」

口の端に生クリームをつけた朝彦もこちらを見る。上手く伝わるかわからなかったが、直文は懸命に言葉をつないだ。

「町の中にほんの数軒だけ混んでいるお店があるのではなく、居心地のいいお店がたくさんあってほしいんです。だってせっかくご飯を食べようと思って家を出たのに、どの店も混んでいて入れないなんてことになったらがっかりしちゃうじゃないですか。だから、近くに雰囲気のいいお店ができるのはいいことだと思うし、新しくできたお店が何か困っていたら……僕は同業者として手を貸したいと思います」

最後の言葉を口にするのは緊張した。

考えが甘い。経営者としての自覚が足りないと言われてしまうかもしれない。

けれどこれが一番自分の本心に近い。一週間かけて出した結論だ。

おずおずと二人の様子を窺ってみる。朝彦は困惑した顔で、「店長の言いたいことはわかりますが……」と言ったきり口をつぐんだ。一概《いちがい》には否定しきれなかったのか、判断をゆだねるように隣に座る東宮寺を見る。直文も、一緒になって東宮寺に目を向けた。

直文と朝彦から視線を注がれた東宮寺は目を伏せて、重々しく口火を切った。

「悠長に他店の応援をしている間に顧客を取られては、この店の存続が危ぶまれてしまうわけですが……」

「そ、そうですね。もちろん、うちにもお客さんが来てくれるよう努力はします」

やはり怒られるか、と首を竦《すく》めたものの、東宮寺は直文と視線を合わせると、それまでのしかつめらしい表情をほどいて悪戯《いたずら》っぽく笑った。

「沢木さんの考え方は、意外と理にかなってるかもしれません」

予想外の反応だった。驚いたのは直文だけでなく、朝彦も不可解そうに眉根を寄せる。

「理想論じゃないの?」

「希望的観測が多分に含まれるのは否めないが、悪くない考えかもしれない。他県から客を呼べるほど集客力がある店ならオンリーワンを目指してもいいが、そうでないなら地域全体の外食率を上げたほうが客足は増える。沢木さんが言う通り、席が空くまで待つのが嫌で外食を控えている層もいるだろうから」

「これまで外食しなかった層をターゲットにするってこと? そんなのもう、一個人の飲食店がどうにかできることじゃないと思うけど?」

またしても東宮寺親子の会話に置き去りにされかけていた直文は、朝彦の言葉尻を捕まえて身を乗り出した。

「うん、だからね、僕の店だけじゃなく、この町に一軒でも多く、美味しくて居心地のいいお店が増えたらいいなと思ってるんだ。『あの駅で降りれば何かしら美味しいお店がある』とか話題になれば、周りからも人が来てくれるかもしれないし」

「そんなのほとんど町興《おこ》しじゃないですか。意外とスケール大きいですね、店長」

「そ、そうかな……?」

「でも、沢木さんなら実現してしまいそうで怖いですね」

「えっ、そうですか?」

「やめなよ、お父さん。真に受けたらどうすんの」

「あれ、冗談なの？」

二人の顔を交互に見ながら喋《しゃべ》っていたら、朝彦と東宮寺が同時に声を立てて笑った。二人が揃って笑っている姿を見たのは久々なような気がする。

嬉しくなって、直文もここ一週間の憂《うれ》いを吹き飛ばす満面の笑みを浮かべた。

量が多いだのなんだの言いながらも三人でホールケーキを完食したら、いつの間にか夜の九時を過ぎていた。

「すみません、遅くまでお引き止めしてしまって。そうだ朝彦君。これプレゼント」

直文はエプロンのポケットから包装された図書カードを取り出して朝彦に渡す。面白味がないかな、とも思ったが、勉強熱心な朝彦なら使い道もあるだろう。

朝彦は「ありがとうございます」と礼儀正しくプレゼントを受け取り、隣に座る東宮寺を見上げた。

「僕、ひとりで帰れるからお父さんはここに残りなよ。結局作戦会議もできなかったし」

この言葉に驚いたのは直文だ。駄目だよ、と身を乗り出して朝彦と目線を合わせる。

「もう遅い時間なんだから、子供が一人で歩くなんて危ないよ」

「祖母の家はすぐそこですからお気遣いなく。お父さん、僕今日はお祖母《ばあ》ちゃんの家に泊まるから――」

「駄目だって！　ほら、作戦会議は今度でいいから」

朝彦が何か言いたげな顔でこちらを見る。それから隣に座る東宮寺を見て、軽く目を眇《すが》めた。

朝彦の視線に気づいた東宮寺は苦笑を浮かべているが、直文には親子のアイコンタクトを理解することができない。

「ケーキ、ごちそうさまでした。ほら、朝彦も……」

首を傾《かし》げつつも二人を店の外まで送り出し、「気を付けて」と手を振る。

「……ありがとうございました」

何やら不服そうな顔をしながら朝彦も頭を下げ、二人は夜道を歩いていく。

（なんだろう。お父さんと一緒に帰るの、子供扱いされてるみたいで嫌なのかな。でも実際夜道は危ないからなぁ）

そんなことを思いながらテーブルの上を片付けていると、カウベルの音とともに店の扉が開いた。振り返れば、朝彦が大股でこちらにやって来る。

「あれ、忘れ物？」

「そんなようなものです。これ、預かっててください」

朝彦は直文の手を取ると、その掌《てのひら》に何かを落として無理やり握り込ませた。

「え、な、何？」

「今日のお礼です。ケーキ美味しかったです。プレゼントもありがとうございます」

「いえいえ、どういたしまして」

「今日ぐらい僕に気兼ねせず、ゆっくりしてください。店は閉めずにいてくださいね」

どういう意味だと首を傾げたものの、朝彦は詳しい説明をせずに出ていってしまう。一人になった店の中、直文は朝彦に握らされたものを確かめるべくゆっくり手を開いた。

「……鍵?」

手の中にあったのは、シンプルなキーホルダーがついた鍵である。なんの鍵だろうと思ったが、その謎は三十分と経たぬうちに解かれることになった。

テーブルの上を片付け、汚れた皿を洗い終わった頃、再びカウベルが鳴った。キッチンから出てみれば、今度は東宮寺が店に入って来たところだ。

「あれ、東宮寺さん? 忘れ物ですか」

「朝彦が、マンションの鍵をここに忘れたと言うものですから」

「鍵って……あ、もしかしてこれですか?」

エプロンのポケットに入れておいた鍵を取り出してみせると、「それです」と困ったような顔をされてしまった。

「これ、朝彦君に預かってほしいって言われたんですけど」

「そうですね。実家に着くなり、『そういう口実を作っておいたから店に戻れ』と言われました」

まだぴんと来ない顔をする直文を見て、東宮寺が苦笑する。

「朝彦は祖父母の家に泊まるそうです。だから、今夜は二人でゆっくり話をしてほしい、とのことですよ」

東宮寺の顔を見詰め、思案すること数秒。ようやく朝彦の意図を理解した直文は、かぁっと顔を赤くした。まさか小学生にそんな気遣いができるのかと慄《わなな》く。

（い、いや、純粋に作戦会議の続きをしろってことで、深い意味はないんだよな……⁉）

ひとりであたふたしていたら、東宮寺が直文のそばまでやってきた。片手を差し出されたので鍵を手渡そうとすると、直文の手ごと摑まれて引き寄せられる。

よろけるように東宮寺の胸に倒れ込めば、もう一方の手で背中を抱き寄せられた。

瞬間、鼻先を過《よぎ》ったのは東宮寺が好んでつけている香水の匂いだ。体温で温められた甘い香りにふわりと包まれ、一足飛びに鼓動が速くなった。

東宮寺は直文の背中をそっと撫で、ひそやかな声で囁く。

「今日、貴方の話を聞いてようやく理解しました。この店以外の飲食店を敵だと思っていたのは私たち親子だけで、貴方にとっては同じ地域で働く仲間なんですね。認識を誤りました。申し訳ありません」

東宮寺の甘い香りにくらくらしていた直文は、我に返って首を横に振った。

「あ、謝らないでください。東宮寺さんたちの言っていることがまっとうで、僕の考えが甘いことは自覚してるんです」

「いえ、何が功を奏するかはわかりません。地域が活性化すれば、この店の売り上げが上がる可能性もあります。経営に必勝法はありません。最終的な決定権はいつだって経営者にあるんです。コンサルタントの仕事は正解を教えることではなく、経営者が自分にとって最善だと思える判断を下《くだ》せるよう、お手伝いをすることだけですから」

囁きながら、東宮寺は直文の背中に置いた手をゆっくりと上に移動する。

「わかっていたつもりだったのに、今回は冷静さを欠いてしまいました。北条さんでしたか、彼が貴方と親しくしているのを見たら、つい」

ワイシャツの襟《えり》越しに、東宮寺の指先が首裏に触れた。他人からは滅多《めった》に触れられない場所だからか、背中がそわっと落ち着かなくなる。

「ほ、北条さんは、本当に、いい人だと思います。あの、ライバルといえども、うちの店の営業妨害《ぼうがい》をしてくるようなタイプでは……」

「わかってます。そんな心配はしていません」

声に苦笑を滲《にじ》ませ、東宮寺がするりと項《うなじ》を撫でてきた。

首の産毛《うぶげ》が立ち上がる。長い指はするすると直文の後頭部へと移動して、髪に指が絡んだ。指先で髪を梳《す》かれるのは気持ちよく、後ろ頭を撫でられると体から力が抜けた。

「旅行に行くと言っていたのに、急遽《きゅうきょ》予定を変更して北条さんの店に行ったと聞いたときは、情けないことに平静でいられませんでした」

「だ、駄目でしたか？　ライバル店の利益になるから……？」

肩口で突然東宮寺が噴き出した。胸を震わせて笑いながら直文の顔を覗き込む。

「やっぱり全然気がついていなかったんですね。お店のことは関係ありません。ただの嫉妬ですよ」

「嫉妬」

「ヤキモチです」

いつも穏やかな物腰の東宮寺にはおよそ似つかわしくない言葉にきょとんとしていると、互いの額《ひたい》がぶつかった。身を屈めた東宮寺の顔が目の前に迫《せま》って息が止まる。

「北条さんと貴方は年も近いし、同じ業種で働く店長同士、話も合うだろうと思いました。前にこの店で二人がお喋《しゃべ》りをしていたときも随分親しそうでしたし。それに、恋みくじの話もしていたでしょう？」

唇に吐息が触れる至近距離にうろたえ、直文は口を開くこともできない。不用意に声を出したら東宮寺の唇に触れてしまいそうで、わずかに顎《あご》を引いて頷くにとどめた。

「貴方に対する遠回しなアピールかもしれないと思ったんです。北条さんの片想いの相手は貴方なんじゃないかと……。そんなことで不機嫌になるなんて、呆れましたか」

一心に見詰められ、首筋から耳元までじわじわと熱が上がってくる。真っ赤になった顔を隠すこともできず、直文も東宮寺を見詰めて小さく首を横に振った。

「ま、まさか、妬《や》いてもらえるなんて、思ってなくて……」

「確かに、まったくその可能性は想定していなかったようですね」

東宮寺が笑う。少しだけ照れくさそうな、朝彦の前では見せない顔だ。

「幻滅《げんめつ》しましたか？」

心配顔の東宮寺に尋ねられ、ぼんやりと首を横に振る。

「むしろ……誰かに自慢したい、です」

格好のつかないその顔が、自分にだけ向けられるものであればいい。

東宮寺は虚《きょ》を突かれたように目を見開き、整った顔を無防備な笑みで崩した。

「できれば、貴方だけの秘密にしておいてください」

囁く声に気恥ずかしさが滲んでいる。これも自分が独り占めかと唇を緩《ゆる》めたらキスが降ってきて、直文は唇を弓なりにしたまま目を閉じた。


せっかく朝彦が気を使ってくれたから、と悪戯《いたずら》めいた声で囁いて、東宮寺は直文を自宅マンションに連れてきた。

玄関の鍵を開けて中に入り、背後で鍵のかかる音がするや否や後ろから抱き竦《すく》められた。

驚いて振り返れば顎《あご》を捉《とら》われ口づけられる。店でしたような軽く触れ合わせるものとは違い、薄く開いていた唇の間に性急に舌が押し入ってきた。

「ん……っ、ん……」

何か喋ろうとしても舌がもつれて言葉にならないし、喋れたとしても東宮寺の名を呼ぶくらいしかできなかっただろう。余裕なく口の中を舐められ、背筋を震わせながらも体の力を抜いた。

店からマンションに向かう途中、期待をしていなかったと言えば嘘になる。二人きりになるのは久しぶりだ。それに、初めて体を重ねた場所も東宮寺のマンションだった。意識してしまうのは仕方がない。

キスがしやすいように少しだけ体を反転させると、軽く唇を吸い上げられた。

「がっつきすぎだと怒られるかと思いました」

頬に口づけられ、とろりとした目を東宮寺に向ける。思えば二人とも靴すら脱いでいない。

一瞬もこちらから目を逸《そ》らそうとしない東宮寺を見上げ、直文は切れ切れの声で囁いた。

「……上手く行動に移せないだけで、多分、僕の方ががっついてます」

ごく小さな声で「期待しました」と打ち明ければ、東宮寺が軽く目を瞠《みは》った。と思ったら、腰を抱かれて背中を壁に押し付けられ、また深く唇をふさがれる。

「……っ、ん」

まだキスに慣れず戸惑うばかりの舌を吸い上げられる。舌の先から側面をざらりと舐められれて身をよじる。

キスに夢中になっている隙に、膝の間に東宮寺が足を入れてきた。腿《もも》で足の間を押し上げられて膝が震えた。柔らかな粘膜《ねんまく》は敏感で、どこを突かれても体が跳ねてしまう。

「ん、ん……っ」

口を開けると前より深く舌が押し入ってきた。音がするほど激しいキスに息もできない。キスの合間に足の間を膝で押し上げられて、ズボンの中でゆるゆると自身が勃ち上がっていくのがわかって恥ずかしかった。あっという間に体が熱くなってしまう。

キスだけで腰が砕けそうになって東宮寺の胸に縋《すが》りつくと、ようやく唇が離れた。

「……止めてくれないと、この場で食べてしまいますよ」

たっぷりと吐息を含んだ声で囁かれ、体の芯に震えが走った。冗談にしては東宮寺の声は低く、目にも笑いを含ませていない。黙っているとまた唇に噛みつかれそうで、慌てて東宮寺のシャツの背中を引っ張った。小さな声で「ベッドに……」と訴えると、腰を抱かれて寝室に連れていかれる。

暗がりの中、大きなベッドに押し倒されたと思ったらベッドサイドのランプをつけられた。落ち着いたオレンジ色の光に照らされる東宮寺の顔を見る間もなくまた深くキスをされ、体からくたくたと力が抜ける。舌先を吸い上げられて身を震わせると、ようやくキスがほどかれた。

「お預けが長すぎるのも考えものですね。抑《おさ》えが利かない」

それでも思うさま直文の唇を貪《むさぼ》って少しは気が済んだらしい。ベッドに沈み込む直文の顔にキスの雨を降らせた東宮寺は、その首筋に鼻先を埋《うず》め、すん、と鼻を鳴らした。

「なんだか、甘い匂いがしますね」

「そ……そう、ですか……？」

ここのところ暇をみてはケーキを焼いていたせいだろうか。今日だって休憩時間にケーキを作っていたので髪に匂いがついてしまったのかもしれない。

そんなことを考えていたら首筋を舐められ「ひっ」と妙な声を上げてしまった。

我ながら甘ったるい雰囲気をぶち壊す声だと思ったが、東宮寺は興ざめした様子もなくおかしそうに笑う。直文のシャツのボタンを外しながら、露《あら》わになった喉元にも唇を寄せた。

「貴方はいつもいい匂いがする」

シャツの前をかき分けられ、喉元からみぞおちを唇で辿《たど》られる。柔らかな唇と吐息がくすぐったい。視線を下ろせばみぞおちに顔を埋めた東宮寺のつむじが見えて、おずおずとその髪に指を伸ばした。

「いい匂いがするのは、東宮寺さんの方じゃないですか……。香水つけてますよね？」

東宮寺が顔を上げて直文の手を取る。掌《てのひら》を自身の頬に押し当ててキスをすると、目を閉じて深く息を吸い込んだ。

「……今日の定食、玉ねぎを使いました？」

「え、はい。生姜《しょうが》焼き定食と、オニオンハンバーグを……」

「野菜の匂いと、甘いソースの匂いがする」

どきりとする。玉ねぎやニンニクなど、匂いのきつい野菜はしっかりと手を洗ってもなかなか匂いが取れない。煮詰めたソースの匂いも袖口《そでぐち》に残りがちだ。慌てて手を引こうとしたが東宮寺が離してくれない。それどころか直文の手に頬ずりして愛《いと》し気に目を細めた。

「料理を作る人の手の匂いだ」

囁いて、もう一方の手で直文の脇腹を撫で上げる。ワイシャツのボタンはすでにすっかり外されていて、素肌に直接東宮寺の体温がしみ込んできた。

「あ、あ……ぁ……っ」

脇腹を撫でた手が胸の突起に触れて体が跳ねる。指先で掠《かす》めるように撫でられ、そちらにばかり意識を向けていたら反対側の尖りに舌を這わされた。

「あっ！　や、んん……っ」

とろりと温かな舌で舐められ、軽く吸われて、背筋にぞくぞくと震えが走った。口元に拳《こぶし》を当てて声を殺せば、今度は尖らせた舌先で先端を舐め回される。

「ん、んん……っ、ぅ……ぅん」

「指より舌の方が好きですか？」

問われて反射的に首を横に振ったが、東宮寺はにっこりと笑ってまた胸の突起にキスをしてきた。もう一方の手で内腿を辿《たど》られ、ズボンの上から膨《ふく》らんだ部分を撫でられて身をよじる。

「とっ、東宮寺さん、ま……っ」

待って、という制止の言葉は、服の上からやんわりと握り込まれて甘く崩れた。足を閉じようにも東宮寺の体が邪魔をして上手くいかない。じたばたともがいているうちにズボンのフロントホックを外され、服の中に東宮寺の手が忍び込んでくる。

「あっ、ん、ん……っ」

躊躇《ちゅうちょ》なく下着の中に潜り込んできた手で触れられ、思わずぎゅっと目を閉じてしまった。

東宮寺はゆるゆると手の中の雄を扱《しご》きながら、身を起こして直文の頬に唇を寄せる。

「もう濡れてる」

吐息に乗せて囁かれ、かぁっと全身が熱くなった。東宮寺の言う通り体はすっかり興奮していて、ほんの少しいじられただけなのに先端から先走りがこぼれてくる。それは東宮寺の手を濡らし、屹立《きつりつ》を扱く滑《すべ》りをよくして、一層直文を追い上げた。

「あ、あ……っ、あぁ……っ」

口元に当てていた拳がずれて声を殺せない。東宮寺が手を動かすたびに粘着質な水音がして、淫《みだ》らな音に羞恥《しゅうち》を掻き立てられた。

懸命に快感をやり過ごそうとしたが、東宮寺が首筋や耳元にキスを繰り返してくるので上手くいかない。鎖骨《さこつ》に柔らかく歯を立てられ、首筋を舐められて、鼻先で髪を掻き分けた東宮寺に耳朶を食《は》まれる。

「貴方はいつも、美味しそうな匂いがする」

直文の顔を覗き込み、東宮寺は囁くような声で言う。その目は細められているが、いつもの穏やかな表情とは違った。目の奥でチリチリと燻《くすぶ》る興奮が透けて見える。

背筋が浮き上がるような錯覚に息を飲めば、蜜《みつ》を煮詰めたような甘い声が耳を打った。

「いつだって、噛みついてしまいたくなるのを必死で我慢してるんですよ」

声を上げる前に唇をふさがれた。言葉通りの噛みつくようなキスに体がしなる。

食べられる、と思ったら全身に震えが走った。胸にせり上がってきたのは恐怖ではなく歓喜だ。いつも穏やかで、ヤキモチひとつ焼かないだろうと思ってきた東宮寺の欲を目《ま》の当たりにして体が打ち震える。

「ん、んんっ、ん――っ」

口内《こうない》をめちゃくちゃに舐められながら屹立を扱かれ、爪先がきゅぅっと丸まる。抗《あらが》う術《すべ》もなく絶頂に押しやられ、東宮寺の手の中に精を吐き出した。

「……っ、ん、はっ……ぁ……っ」

名残惜《なごりお》し気《げ》に唇を吸い上げられ、せき止められていた息を吐く。胸を喘《あえ》がせていると、先程の荒々しいキスが嘘のように優しく髪を撫でられた。ぼんやりと目を向ければ、東宮寺が愛《いと》し気にこちらを見下ろしている。でも、目の奥でちらつく欲望はまだ消えていない。

肩で息をしながら、足りないんだな、と思った。東宮寺はまだ食べ足りていない。もっと、と視線で訴えられて、見詰められているだけなのに肌の下にぐずぐずと熱が溜まり始める。視線に囚《とら》われぼんやりしているうちにシャツを脱がされ、ズボンも下着ごと脱がされた。東宮寺も服を脱ぎ捨て、ベッドサイドのチェストに手を伸ばす。

「前回は、諸々《もろもろ》準備が足りずに失礼しました」

そんなことを言いながら東宮寺が取り出したのは、片手で摑めるサイズのボトルだ。

ローションだと気づいて顔を赤らめる。初めて東宮寺と体を重ねて以来、自分でもネットで男性同士の性交について調べていたのでそういうものが必要なのは知っていたが、現物を見るのは初めてだ。

掌の上にとろりとローションを垂らす東宮寺を見上げ、小声で呟く。

「……そういうの、東宮寺さんがどんな顔で買うのか、想像つきません」

「凄く真剣な顔で買いましたよ。貴方と使うものですし」

「い、いつ買ったんです……？」

東宮寺が掌の上でローションを温める間、喋っていないと間が持たない。うろうろと視線を迷わせながら尋ねると、東宮寺が上から覆いかぶさってきた。

「前回貴方がこの部屋に泊まった後、すぐです。翌日にはネットで注文しました」

濡れた指で内腿を撫でられ、達したばかりで甘だるい体がぴくりと震えた。

「……二回目を、期待してくれてたんですか？」

窄《すぼ》まりに指が触れる。東宮寺はますます深く身を倒し、直文の頬に唇を触れさせて「当たり前じゃないですか」と囁いた。

そうなのか、と思ったら嬉しくて胸の奥が煮立った。何分こちらは初心者だし、前回の自分との性交に東宮寺はあまり満足できなかったのではと密《ひそ》かに不安を抱いていたのだ。

「……嬉しい、です」

衒《てら》いもなく本心を口にすれば、ローションで濡れた指先がゆっくりと中に入ってきた。

睫毛《まつげ》を震わせ、従順に指を受け入れようとする直文を見下ろして東宮寺がくすりと笑う。

「前回は年甲斐《としがい》もなく盛《さか》ってしまって、嫌がられてしまったかと思いましたが」

東宮寺が喋るたび、頬に柔らかく唇が触れた。くすぐったくて唇を引き結ぶと、口の端にキスをされる。

「貴方も期待してくれていたのなら、よかった」

長い指がじりじりと奥に入ってきて、シーツから背中が浮き上がった。切れ切れに息を吐いていると、呼吸の邪魔をしない程度に東宮寺が唇をついばんでくる。

「あ……、あっ……、ぁ……」

節《ふし》の高い指が出入りするたび、抑えようもなく声が上がった。

前回より痛みや違和感が薄い気がするのは二回目だからだろうか。それともローションを使っているおかげか。引っかかりもなく奥まで呑み込まされる。

指を増やされ、奥を探られると腰に震えが走った。じっくりと内側を押し上げられて腹の底が疼《うず》く。この感じには覚えがあった。

東宮寺の屹立を埋められたときの記憶が蘇《よみがえ》る。息苦しいのに満たされて、緩慢《かんまん》に抜き差しされると下半身をぬるま湯に浸《ひた》したような快感に狂わされた。思い出しただけで口の中に唾が湧いて、ごくりと喉を鳴らしてしまった。

「んっ……あっ、あぁ……っ、ん……」

重ねるだけのキスを繰り返していた東宮寺の唇が移動して、顎から首筋へと落ちる。喉元を舐められるとくすぐったいのに気持ちがいい。鎖骨に軽く噛みつかれ、肩にきついキスをされ、胸元まで唇が下がった。

「……ん、あ、あっ！」

胸の尖りをぱくりと口に含まれて、反射的に身をよじった。弾《はず》みで中にある東宮寺の指を締め付けてしまって腿を震わせる。

「好きですか、ここ」

「く、くすぐったい、です……っ」

とっさにそう答えたが、東宮寺は薄く目を細めて胸の尖りを吸い上げてくる。

「……っ、や、ぁ……っ」

背中を山なりにすると、またすぐにとろとろと突端を舐められた。くすぐったいし、じれったい。ざらついた舌全体で先端を舐められると体に力が入り、東宮寺の指を何度でも締めつけてしまって腹の奥がじわりと熱くなった。

「あっ、あぁ、あ……っ」

たっぷりと唾液を絡ませた舌でとろとろと舐められながら指を抜き差しされると、さざ波のような快感が繰り返し背筋を舐めた。射精には至らない、けれど体を内側からあぶられるような、埋火《うずみび》のような快楽が腹の底に溜まっていく。

「と、東宮寺さん……っ、やだ、や、あっ、あぁ……っ」

飴玉《あめだま》のように口の中で舐め溶かされる。それだけでもたまらなかったのに、中に埋めた指をぐるりと回され、胸の尖りに甘く歯を立てられて、東宮寺を呼ぶ声が嬌声《きょうせい》に呑み込まれた。瀬に打ち上げられた魚のように体が跳ねて、目の前が一瞬白《しら》む。

「ひ……、ぁ……っ！」

爪先から背筋へ鋭い快感が駆け抜けて、体の芯にじんとした痺《しび》れが残る。達したのか。でも吐精した感覚はなかった。肩で息をしていると中から指が引き抜かれる。

状況がわからず戸惑う直文の頬にキスをして、東宮寺は珍しく浮かれた様子で目を細めた。

「敏感で素直で、一からいろいろ教え込みたくなる体ですね」

「い……いろいろ……？」

たじろぐ直文の唇にもキスを落とし、「ゆっくりいきましょう」と東宮寺は笑った。おかげで『いろいろ』の詳細はわからずじまいだ。

東宮寺は再びチェストに手を伸ばすとコンドームの箱を取り出す。あれも前はなかったが買い足したのだろうか。前回は本当にその手の道具がなかったところを見ると、東宮寺は性的な行為から長らく離れていたらしい。

男手ひとつで朝彦を育ててきて、そんな暇もなかったか。朝彦の隣に立つ東宮寺はいつも穏やかに笑っていて、当たり前だがセクシャルな雰囲気など欠片《かけら》も伝わってこなかった。

けれど今、自分の脚を抱え上げる東宮寺の顔には余裕もなければ普段の穏やかさもない。掌に薄く汗をかき、食い入るような目でこちらを見詰めてくる。

昼間とはまるで違う、閨《ねや》でしか見られない顔だ。この顔を、自分だけが独り占めしている。

「そのまま、力を抜いていてくださいね」

脱力したようにシーツに腕を投げ出す直文を見下ろし、東宮寺が軽く目を眇《すが》める。返事をする間もなく、窄まりに固い屹立を押しつけられた。

「あ……あ、ぁ……っ」

熱く脈打つものが、ゆっくりと奥まで入ってくる。押し開かれても不安や恐怖はなく、むしろ充足感に満たされた。蕩《とろ》けきった場所が硬い屹立を呑み込んで、抱きしめるようにひたひたと東宮寺を締め付ける。

自身を埋めると、東宮寺が深く息を吐きながら直文を抱きしめてきた。

ああ、と水に溶けるような声が漏れた。素肌から伝わる体温に陶然《とうぜん》とする。東宮寺の硬い胸の中で震えているると首筋に唇を押し当てられ、そのままゆるゆると揺さぶられる。

「あ、あっ、や……ぁっ……」

東宮寺を受け入れた場所はすっかり柔らかくなって、突き上げられると甘く締め付け、引き抜かれると縋《すが》り付くように収縮した。過ぎる快感に声を殺せない。胸の前で腕を曲げた格好で揺さぶられていると、軽く息を乱した東宮寺に尋ねられた。

「痛くないですか……？　苦しい？」

尋ねられてぼんやり目を開けると、潤《うる》んだ視界の中に目元を赤くした東宮寺の顔があった。直文を揺さぶりながら、ときどき息を詰める顔が扇情的《せんじょうてき》だ。奥を突かれて直文が高い声を上げると、張り出した喉仏《のどぼとけ》がごくりと上下する。

東宮寺の体は熱を帯び、抱きしめられていると暑いくらいだ。喉元をつぅと汗が落ちて、直文はぼんやりとした口調で答えた。

「溶けそう、です……」

融点《ゆうてん》の低いチョコレートのように、東宮寺の体温で溶かされる。輪郭《りんかく》を保っていられなくなりそうだ。特に東宮寺を受け入れた部分が熱い。腹の奥から溶け落ちる。

とろんとした目をする直文を見下ろし、東宮寺がぐっと奥歯を噛んだ。直文を抱きしめる腕にも力がこもって、前より深く突き上げられる。

「あっ、あ、ぁ……っ」

「……っ、本当だ、とろとろですね」

東宮寺の息遣いが速くなった。直文を揺さぶる動きも大きくなって、体の深いところからじわじわと染み出てきていた快感が見る間に勢いを増す。

「あっ、ひ……っ、あぁっ！」

固い屹立で潤んだ内壁《ないへき》を突き上げられて震え上がった。体の奥まった場所に隠されていた性感帯を暴かれる。丸みを帯びた先端で奥を突き上げられるのがたまらなくいい。

「あぁっ、あ、ん……っ、んんっ」

ひと際奥まで呑み込まされたと思ったら東宮寺に唇をふさがれた。唇の隙間から舌が押し入ってきて、思うさま口内を舐めつくされ、舌を搦めとられて甘噛みされる。

誇張《こちょう》ではなく食べられると思った。東宮寺の熱で溶かされ、舐められ、噛まれて、一呑みにされる。陶酔《とうすい》感に目が眩《くら》んだ。東宮寺を受け入れた部分がもっと強い刺激をねだるように淫らに収縮して、東宮寺がキスをしたまま息を飲む。

「んぅ……っ、ん、はっ、あ……っ！」

唇がずれて、ベッドが軋《きし》みを上げるほど大きく腰を突き入れられる。震える内壁を容赦《ようしゃ》なく突き上げられて喉が仰《の》け反《ぞ》った。先端で蕩けた奥を突き崩されて、噴き上がってきた快感を抑

えきれない。一気に絶頂まで押し上げられる。

「あっ、あぁ、あ――っ！」

最後の瞬間はいつもどこかから突き落とされるようだ。目の前が白んで何も見えない。爪先が地面を求めて宙を掻く。

東宮寺も直文を掻き抱くと、低く呻《うめ》いてぶるりと体を震わせた。

しばらくそうして抱き合ったまま、互いに荒い息を吐くことしかできなかった。

直文は息を整えることもできず、東宮寺の体の下でぐったりと脱力する。先に回復した東宮寺が身を起こし、後始末をする間も目の前に霞《かすみ》がかかったようでほとんど動けない。

しばらくすると、東宮寺が隣に横たわって直文を抱き寄せてきた。互いにまだ汗の引かない肌を寄せ合い、直文の髪に鼻先を埋めてくる。

さすがに汗臭いのではとわずかに身じろぎすると、前より強く抱きしめられた。

「メインディッシュとデザートを同時に食べた気分です」

東宮寺の声には深い満足感が滲んでいた。そのことにほっとして、おずおずと目の前の広い胸に寄り添う。この手の経験はほとんどないので、行為はすべて東宮寺任せだ。

「……お腹いっぱいになりましたか？」

東宮寺の足に爪先をすり寄せながら尋ねると、額にキスを落とされた。乱れたシーツの上で互いの足が絡まり、片腕で腰を抱き寄せられる。

「困ったことに大食らいなもので」

知っている。極上の料理を少量食べて食事を終わらせてしまいそうな上品な雰囲気を漂わせておきながら、東宮寺は男子高校生並みに食欲旺盛《おうせい》だ。

耳朶に東宮寺の唇が触れ、ひそやかな声を吹き込まれた。

「デザートのお代わりをしても?」

お代わり、と聞いて背筋が震えた。まさかと思ううちに唇が頬へ移動して、「駄目ですか」と囁かれる。

口を開こうとしたらキスでふさがれた。まるでつまみ食いだ。

駄目ですか、と問われて、駄目です、と返せたためしは未だにない。でも、自由に口を動かせたとしてもやっぱり駄目だとは言えないのだろう。駄目ではないし、嫌でもない。

デザートのように甘いキスを受け止めながら、直文は返事の代わりに東宮寺の背中に腕を回した。


十二月に入り、街はいよいよクリスマスムードだ。

喫茶KOKESHIでもクリスマス限定メニューを出したかったが、そこまで手のかかることもできないのでこけしの形のジンジャークッキーを配ることで落ち着いた。ケーキを作ったスキルが多少役立ったのか、味も見た目も案外悪くなく客からも好評だ。

からん、とカウベルの音がして、直文が笑顔でキッチンから顔を出す。

「いらっしゃいませ。お好きなお席にどうぞ」

店に入ってきたのは大学生らしき女性三人組だ。物珍し気に店内を見回しながらテーブル席に腰掛け、「マジでこけしだらけだね」と囁き合っている。初来店の客らしい。

「ご来店ありがとうございます。ご注文がお決まりになったらお声がけください」

「はぁい。あ、もしかして……店長さんですか?」

店の奥に他に従業員がいないことを察したのだろう。ひとりが直文に声をかけてきた。

「私たち、さっき駅前のレストランに行ったんです。『Retta』っていう。でも、席がいっぱいで入れそうもなくて、帰ろうかと思ってたらオーナーさんに声をかけられたんですよ。近くにちょっと落ち着いた喫茶店がありますよって」

テーブルに水を置いていた直文が目を瞬《しばたた》かせる。意外そうな顔だ。

「オーナーって、北条さんですよね。うちを紹介してくれたんですか?」

「はい、コーヒーが美味しいからってお勧めしてもらって。あと、オーナーさんから言伝《ことづて》も預かってるんです。『おみくじありがとう』って。おかげで恋人が出来たとも言ってましたけど、なんの話だかわかります?」

「それなら、この前北条さんがうちに来たときに引いていった恋みくじのことだと思いますが

「……え、恋人出来たんですか？　意外にご利益あるんですかね」

北条が客としてこの店を訪ねてきたのは十二月に入ってすぐのことだ。直文の淹れるコーヒーを飲み「なんだ、謙遜《けんそん》しちゃって。美味しいじゃないですか」と笑って帰っていった。そして会計の際、恋みくじを引いていったのだ。

直文の話を聞いた三人は、俄然《がぜん》恋みくじに興味を持ったらしい。

「私たちもそのおみくじ引いてみたいんですけど、今引かせてもらってもいいですか？」

「えっと、おみくじはお会計のときに引いてもらってるんですが……」

三人ががっかりしたような顔をする。それを見た直文が、軽く腰を折って声を潜《ひそ》めた。

「でも、せっかくお店まで来てくださったんですし、先に引きますか？」

「いいんですか？」

「はい。他の人には内緒ですよ」

やった、と小さく歓声を上げる三人を残し、直文がレジカウンターの後ろに入っていく。

その後ろ姿を横目で見て溜息をついたのは、カウンター席でランチを食べていた朝彦だ。

「……あんなに目立つ赤い箱を客席まで持っていって、何が内緒なんだろうね？」

隣で同じようにランチを食べていた東宮寺も小さく笑う。

土曜日の昼、二人はいつものように直文の店でランチを食べている。今日は揃って和風ランチで、メインはさっくりと揚がったカキフライだ。

テーブル席の客におみくじを引かせ始めた直文を尻目に、朝彦が味噌汁に口をつける。

「せっかく来てくれたから特別にって……あれはお客さんの囲い込みにならないの？」

東宮寺は背後を振り返るでもなく、そうだな、とのんびりした口調で言った。

「あの人の場合、どの客に対してもああいう特別対応をしてくれるから問題ないんじゃないか？　うちだってたまに飲み物をご馳走《ちそう》してもらうだろう。特別、なんて言いながら」

そうこう言っている間に新しい客がやってきた。店のテーブル席はすべて埋まり、空いているのはもう東宮寺たちの隣のカウンター席が三つだけだ。なんだかんだ満席に近い。

「……店に客が戻ってくるの、もう少し時間がかかるかと思ったんだけど」

「年内は寂しい状態が続くかと思ったが、杞憂《きゆう》だったな」

「わかんないもんだね、お父さん」

一足先に定食を食べ終えた東宮寺は水の入ったコップを口元に運び、キッチンに入っていく直文を目で追う。

忙しそうにしながらも、カウンター横を通り過ぎるとき直文は必ず東宮寺たちの方を見る。そして東宮寺や朝彦と目が合うと、いつだって嬉しそうに笑うのだ。

元手のかからない特別扱いが直文は上手い。挙句、本人に誰かを特別扱いしている自覚はない。だからこそ、何度だってこの店に足を運ぶ客が現れるのだ。

自分たち親子の浅知恵など、この店には必要ないのかもしれない。

「まあ、コンサルタントの仕事は究極、店主を応援することだからな」

「それ前も聞いた」

朝彦は不服そうな顔をしているが、本当のことなのだから仕方がない。

「これからは肩肘《かたひじ》張らず、一ファンとしてこの店を応援しようか」

朝彦は束《つか》の間口《ま》ごもってから、諦めたように頷いた。今回の一件で、店にアドバイスをすることの難しさを知ったようだ。

再びカウベルが鳴って、店に新しい客が入ってくる。

こけしが微笑《ほほえ》む店内に、「いらっしゃいませ」という直文の明るい声が弾けた。

あとがき

AFTERWORD…………………

―海野　幸―

最近こけしが流行《はや》っているんだなぁ、と勘違いしていた海野《うみの》です、こんにちは。

勘違いでもなんでもなく一部では大流行している可能性もあるのですが、いざこけしグッズやこけし専門店、こけしがらみの飲食店など探してみたら、身近なところでは見つけることができませんでした。

ちなみに私の住んでいる町には、喫茶ＫＯＫＥＳＨＩのごとく店内にこけしを林立《りんりつ》させている飲食店が三軒ほどあります。どの店も置いているこけしの数が一体や二体でなく、一見してこけし愛が爆発していることが知れるお店です。

こんなお店が近所に三軒もあったので、世間ではこけしが流行しているのだなぁと思ったのですが、ネットなどで調べてみた感じ別に流行しているわけでもないらしく、我が家の周辺でやたらとこけしが見受けられるだけだと知りました。

それならそれでこけし好きの変わり者を主人公にしてしまおうということで今回のお話が生まれたわけですが、いかがだったでしょうか。こけしってちょっと不気味、と思われる方もいらっしゃるかもしれませんが、こけしの系統によって顔つきも違いますし、最近のグッズは特に可愛くなっておりますので、ご興味持っていただけましたら幸いです。

なんだかこけしが準主役のような扱いになってしまいましたが、本当の準主役は朝彦《あさひこ》でしたね！　これまであまり幼いキャラクターを書いたことがなかったので、執筆当初はどうしたものかと少し悩んだ記憶があります。

近所に小学校があるので登下校中の小学生を観察したこともあるのですが、高学年と思《おぼ》しき少年が道の向こうからやってくる友達に向かって「そこにいるのは東宮寺《とうぐうじ》君（仮名）、東宮寺君じゃあないか！　これからどこに行くんだい？」と声をかけている現場を目撃して、最近の小学生ってもしかして私の想像以上に老成《ろうせい》しているのかな、と混乱したりもしました。あれは劇の練習か何かだったのか、それとも彼本来の口調なのか大変気になります。

最終的に朝彦はかなり現実離れしたスーパー小学生になりましたが、大人に対して物怖《ものお》じせずに言いたいことを言うシーンなど書いていて大変楽しかったです。

イラストは雨隠《あまがくれ》ギド先生に担当していただきました。直文《なおふみ》と東宮寺の大人組が魅力的なのはもちろんのこと、朝彦も大変小生意気そうで、でもそこが可愛くて小躍《こおど》りしました！　こけしのアンニュイな顔も描いていただけで嬉しかったです。ありがとうございました！

そして末尾《まつび》になりますが、この本を手に取ってくださった読者の皆様も本当にありがとうございます。少しでも楽しんでいただけましたら、これ以上の幸いはありません。

それでは、またどこかでお目にかかれることを祈って。

海野　幸

この本を読んでのご意見、ご感想などをお寄せください。
海野 幸先生・雨隠ギド先生へのはげましのおたよりもお待ちしております。

〒113-0024 東京都文京区西片2-19-18 新書館
[編集部へのご意見・ご感想] ディアプラス編集部「ほほえみ喫茶の恋みくじ」係
[先生方へのおたより] ディアプラス編集部気付 ○○先生

- 初出 -
ほほえみ喫茶の恋みくじ：小説DEAR+19年アキ号（vol.75）
特別なのは貴方だけ：書き下ろし

[ほほえみきっさのこいみくじ]
ほほえみ喫茶の恋みくじ

著者：**海野 幸** うみの・さち

初版発行：2021年1月25日

発行所：株式会社 新書館
[編集] 〒113-0024
東京都文京区西片2-19-18 電話（03）3811-2631
[営業] 〒174-0043
東京都板橋区坂下1-22-14 電話（03）5970-3840
[URL] https://www.shinshokan.co.jp/

印刷・製本：株式会社光邦

ISBN978-4-403-52524-7